✸ 그리스 비극의 문학 ✸

신여랑 장편소설

이토록 뜨거운 파랑

창비

차례

프롤로그

   지오가 한동안 잊고 지내던 혜성이 소식을 들은 건 뜻밖에도 엄마한테서였다.

   그날도 평소와 다름없는 저녁이었다. 중학교 3학년 새 학기가 시작된 주였고, 약한 황사가 있던 날이었다. 지오는 오랜만에 동아리 카페에 접속해 유리가 올려놓은 동아리 모임 공지를 읽고, 그동안 그려두었던 그림을 전부 올렸다. 마카로 채색한 잡지떼기^{만화 습작법의 하나}
로 잡지의 사진이나 그림을 그대로 따라 그리는 연필 드로잉 3장, 세필붓으로 그린 패션 일러스트 1장, 축구 경기 크로키 2장, 마지막으로 사이툴^{CG 효과를 내는 그래픽 프로그램} 인

물화 1장. 두 달 동안 그린 것치고 많은 양은 아니었다. 예전에는 거의 매일 1장씩 올리곤 했었다.

지오가 학교 숙제 하나를 끝냈을 때 엄마가 저녁을 먹자고 불렀다. 저녁 메뉴는 가벼운 야채 샐러드와 스파게티였다. 엄마와 단둘이 하는 단출한 저녁 식사였다. 제약회사에 근무하는 아빠는 회식이 있어 늦는다고 했다.

너 생각나니? 혜성이 말이야.

엄마가 말했다. 지오는 식탁에 앉아 허브 차를 마시고 있었다. 티포트에 내린 캐모마일 차였다.

우리 전에 살던 빌라 경비 아저씨 손녀. 너한테 언니, 언니 하면서 따랐잖아. 우리 집에 종종 놀러 오고.

지오가 유리잔을 세게 내려놨지만 엄마는 알아채지 못했다. 엄마는 지오를 등지고 설거지를 하는 중이었다. 물소리와 그릇 부딪는 소리 사이로 엄마의 목소리가 조용하게 이어졌다.

난 혜성이 하면 제일 먼저 그날이 떠올라. 네가 중학교 들어가고 얼마 안 됐을 때니까, 아마 늦봄이었을 거야. 그 무렵에 갑자기 새로 비즈 수업을 맡게 되는 바람에, 정신이 없었거든. 수강생들 재료 구하느라고 밤늦게까지 돌아다녔으니까. 그날도 그랬지. 아마 10시가 넘었을 거야. 지하 주차장에 차를 대고 우연히 비상구 쪽을 쳐다봤는데, 어둑한 데서 어린애가 담배를 피우고 있더라고. 지금도 생각나, 내가 속으로 '벌써부터 저래서 어쩌나? 저 애 엄마도 걱정이 많겠구나.' 그랬거든. 그런데 그 애가 벌떡 일어나서 "안녕하세요!" 그러는 거야. 혜성이더라고. 그때 놀란 걸 생각하면 —.

하기야 그때 놀란 거야 나중에 그 일 때문에 놀란 거에 비하면 아무것도 아니지. 빌라에 도둑이 들었을 때 말이야. 여기도 위험하구나, 싶어서 뒤숭숭하더라고. 그런데 나중에 혜성이가 한패라는 소릴 들었을 때는 정말, 뭐라 할 말이 없더라. 그 일 있고 경비 아저씨도 그만뒀잖니. 지금 생각하니까 어린 게 참 왜 그러고 살았을까 무섭고 안됐고 —.

그래서?

지오는 참지 못하고 엄마를 재촉했다.

아, 내 정신 좀 봐.

엄마는 물기가 듣는 조리 도구와 식기를 차례차례 건조기에 넣으며 다시 얘기를 시작했다.

거기 말이야. 우리 살던 빌라 외곽 도로 따라가다 보면 산 쪽으로 드문드문 음식점들 있는 데 있잖아, 거기 좀 외진 등산로 입구 있지? 거기서 사고를 당했다고 하더라. 왜 거기가 위험했잖아. 인적이 드무니까 차들이 그 좁은 도로를 밤이고 낮이고 쌩쌩 달리고. 사고도 몇 번 났었지. 그런데 그 애가 왜 한밤중에 거길 갔을까? 에고, 생각할수록 가슴 아프다. 그 어린 게 뺑소니 사고로 죽다니—.

아까 오랜만에 현준 엄마랑 통화하다가 그 소리 듣는데, 얼마나 놀랐는지 몰라. 가슴이 철렁하더라. 그래놓고 도망간 그 작자 아마 천벌 받을 거야. 사람의 탈을 쓰고 어떻게 그런 짓을—.

엄마가 물 묻은 손을 키친타월에 닦고, 지오 쪽을 향해 돌아섰다.

왜 그래?

지오는 파랗게 질려 있었다.

많이 놀랐구나.

당황한 엄마가 지오에게 다가와 지오를 꼭 끌어안았다.

아, 이런. 내가 생각이 짧았네. 얘기하지 말걸 그랬나 보다. 에고, 엄마가 잘못했어. 어쩌니, 엄마가 괜한 얘기를 해서. 미안하다, 지오야!

지오는 어쩔 줄 몰라 하는 엄마 품속에서 생각했다. 이건 마음이 아픈 게 아니라 무서운 거라고.

엄마는 모른다. 혜성이는 사고를 당한 게 아니다.

"와, 지오 언니! 여기서 뛰어들면 일 초도 안 걸리겠다. 죽는 거 간단하네."

그러니까 혜성이가 ─ 혜성이 말대로 ─ 죽은 것이다.

*

지오가 혜성이를 처음 본 건 동네 편의점에서였다. 네스티 한 병을 집어 계산대로 가던 지오는 삼각김밥 하나를 슬쩍 주머니에 집어넣는 깡마른 여자애와 눈이 마주쳤다. 그러자 그 여자애가 지오를 향해 눈을 찡긋했다. 그러고는 태연하게 "오빠, 왜 김치불고기는 없어?" 소리를 질렀다. 지오는 네스티를 손에 든 채 굳어버린 것처럼, 그 자리에 그대로 서 있었다. "어, 벌써 떨어졌나?" 편의점 아르바이트생이 카운터에서 일어나려고 했다. "응, 없어. 다음에 올게. 그땐 꼭 있어야 해!" 그 여자애는 지오 곁을 지나 유유히 편의점을 빠져나갔다.

"왜 그래? 뭐 찾는 거 있니?"

그때까지도 우두커니 서 있는 지오를 편의점 아르바이트생이 이상하다는 듯 쳐다봤다. 얼굴이 빨갛게 달아오른 지오는 아르바이트생의 의아한 눈길을 받으며 계산을 했다.

지오가 편의점을 나가 얼마쯤 가자, 그 여자애가 불쑥 나타나 지오를 가로막았다.

"에헤헤, 나 언니 알아. 언니 5동 살지. 언니 나 보고 쫄았나 보구나?"

지오는 그 말이 들리지 않는 것처럼 외면하고 여자애를 비켜서 걸어갔다. 하지만 그 여자애가 뛰어왔고, 지오한테 팔짱을 꼈다.

"난 주혜성이고 3동 경비가 울 할아버지야. 나 언니 만날 봤어. 그런데 언니 혹시 벙어리야? 언니가 말하는 건 한 번도 못 봤거든."

"이러지 마."

지오가 혜성이의 팔을 빼내려고 했다.

"에헤헤, 아니네. 이제 보니 어이쿠, 목소리가 아가씬걸."

지오는 혜성이 말에 푸 하고 웃음이 터졌다. 그게 시작이었다.

그 뒤로 혜성이는 어느 결엔가, 지오를 언니라고 부르며 집으로 찾아왔고, 종종 교문 앞에서 지오를 기다렸다.

"언니."

"응?"

"언니!"

"응!"

"언니이이!"

"으으으응!"

"난 언니가 참 좋아. 난 말이야, 나중에 나중에 언니가 내 언니가 됐으면 좋겠어."

"나도."

"정말? 정말! 그거 정말이지?"

"응."

"약속한 거야. 절대 잊으면 안 돼."

혜성이가 엄지를 세우고 새끼손가락을 내밀자 지오가 새끼손가락을 걸고 엄지로 혜성이 엄지손가락을 꾹 눌렀다.

"도장 찍었으니까, 절대 배신하기 없기다! 난 자신 있어. 원래 나쁜 년은 배신 같은 거 안 하거든. 에헤헤."

"자꾸 나쁜 년이라고 하지 마. 듣기 싫어."

"알았어. 절대 안 할게. 참, 숙제했어?"

"아직 하고 있어 —."

"애개, 7번까지 있는데, 3번에서 헤매면 어떡해? 게으름뱅이. 어디 봐봐."

지오가 드로잉 노트를 꺼내 펼쳤다.

"에이, 뭐 이래. 우리 류크^{만화 『데스 노트』의 등장인물}는 이렇게 꾸지지 않아. 사신계의 이단아란 말이야. 나처럼! 에헤헤."

하지만 숲에서 그 일이 있고 나서부터 모든 것이 달라졌다. 지오는 혜성이가 무서웠다. 빌라에 도둑이 들고, 혜성이가 그 패거리와 한패라는 게 밝혀지고 나서는 집에 있는 것조차 힘들었다. 혹시라도 혜성이가 찾아올까 봐, 마음을 졸였다. 땡동, 초인종이 울릴 때마다 지오는 방으로 들어가 문을 잠갔다. 그래서 엄마가 "우리 이사를 가야 할 것 같은데, 괜찮겠니?"라고 했을 때 지오는 기뻤다. 기뻐서 어쩔 줄 몰랐다. 기쁜 만큼 혜성이가 이사 간다는 사실을 알까 봐, 불안했다. 엄마한테 이사 간다는 얘기를 혜성이한테 하지 말아달라고 부탁했다. 그러고도 지오는 혜성이를 만났다. 혜성이가 모른다는 걸, 확인하고 싶었다.

"와, 언니야!"

"응."

"진짜 언니네. 언니가 전화를 했네. 이제 나 같은 앤 다신 안 보고 싶어 하는 줄 알았는데. 에헤헤."

혜성이 웃음소리가 가시처럼 지오의 귀에 박혔다.

혜성이는 공원 벤치에 앉아 있는 지오를 보고 머리 위로 손을 흔들었다. 집에서 바로 뛰어나온 듯, 부스스한 머리에 낡은 티셔츠, 슬리퍼를 신고 있었다.

혜성이는 지오 옆에 바짝 붙어 앉았다.

"에헤헤. 언니가 만나자고 하니까 너무 좋다."

혜성이가 부끄러운 듯 고개를 숙였다.

"괜찮아?"

"……응, 아직은 괜찮아. 열네 살이 될 때까진 소년원 같은 덴 절대 못 집어넣어. 그니까 괜찮아."

그리고 뭔가 할 말이 있는 듯 망설이다가, 불쑥 에헤헤 하고 웃더니 놀러 가자고 했다.

"언니, 우리 놀러 갈까?"

혜성이는 지오의 전화를 받을 때부터 그런 생각을 했는지도 모른다.

"싫어?"

지오는 망설이다가 아니, 라고 고개를 흔들었다.

"그럼 우리 전설의 바이킹 타러 가자. 인천에 짱 호러 바이킹이 있대."

지오는 가만히 듣고 있었다.

"오빠한테 들었는데……."

"오빠?"

지오는 그 밤에 혜성이가 오빠라고 부르던 그 얼굴이 떠올라 팔
뚝에 소름이 돋았다.

"아, 그 사람 말고."

혜성이가 눈치를 살피며 계속 말했다.

"서코 '서울코믹월드'의 줄임말. 서울에서 한 달에 한 번 열리는 만화 종합 행사 갔다가 만난 코스 '코스프
레'의 줄임말. 만화나 게임의 주인공을 모방하여 연출함 광(狂) 오빤데 되게 멋있어. 나 요즘 그
오빠랑만 놀아. 아, 그렇다고 그 오빠랑 같이 가자는 건 아니야. 에
헤헤. 그러니깐 긴장 풀고 내 말 좀 들어봐. 그 바이킹이 세상에서 제
일 무서운 바이킹이래. 생긴 지 이십 년 된 바이킹인데, 그거 탈 땐
맨 뒷자리에 타래. 왠지 알아? 처음엔 삐거덕삐거덕 아주 천천히 올
라간대. 고물이니까. 그래서 올라갈 때부터 심장이 벌렁벌렁 뛴대.
그러다 끝까지 올라가면 끼이이이익 끼익 부서질 것 같은 공포의
음향이 들린대. 그러면서 한 바퀴 비잉! 어때? 생각만 해도 신나지?"

혜성이는 말을 하면서 손으로 바이킹이 움직이는 시늉을 했다.

"뭐야. 벌써부터 겁먹은 거야? 에헤헤."

지오는 생각만 해도 겁이 났다.

"바보, 내가 옆에 타잖아. 나랑 있음 그딴 거 아무것도 아니야.
우리 꼭 맨 뒷자리에 앉자! 거기서 바다도 보인대. 응?"

지오는 그날 혜성이랑 다음 주에 바이킹을 타러 가기로 약속했다. 아침에 동네에서 제일 가까운 지하철역에서 만나기로 했다. 하지만 그날은 지오네가 이사를 가는 날이었다.

"아침에 일찍 일어나려면 언니 힘들겠는걸. 이 꾸진 동네는 지하철역도 멀잖아. 에헤헤."

그게 지오가 혜성이한테 들은 마지막 말이었다.

지오는 그 약속을 지키지 않았다. 처음부터 지킬 마음이 없었다. 그 뒤로 혜성이를 만난 적도 없었다. 엄마가 휴대폰 번호를 바꿔줬고, 전학도 했다. 지오는 혜성이를 보지 않아서 기뻤다. 더 이상 학교 앞에서 기다리는 혜성이는 없었다. 혼자가 됐다는 게, 아무도 자신을 아는 사람이 없다는 게 기뻤다. 그래서 누군가 말을 걸까 봐, 입을 꼭 다물었다.

*

혜성이다. 혜성이다. 혜성이가 바이킹 맨 뒷자리에 앉아, 나를 보고 웃는다. 도망치고 싶은데, 달아나고 싶은데, 발이 움직이지 않는다. 저리 가! 웃지 마! 이건 꿈이야! 꿈이야! 빨리 깨야 해. 너는 죽었어. 죽었어! 하지만 혜성이가 나를 보고 웃는다. 그날 그 밤에 "언니, 빨리 뛰어가!" 할 때, 그때처럼, 담배를 입에 물고 웃는다.

지오는 악몽에 시달리고 있었다. 꿈속에는 '그 밤 그 숲'의 어둠과 소리가 있었고, 혜성이가 '세상에서 제일 무서운 바이킹'에 앉아 지오를 기다리고 있었다.

가, 제발, 가! 가! 가!

간신히 꿈에서 빠져나온 지오의 눈가가 소리 없이 붉어졌다.

알아, 누군가 죽어야 한다면 그건 네가 아니라 나야.

하지만 지오가 그런 생각을 한다는 걸 아는 사람은 아무도 없었다. 엄마는 지오가 혜성이 일로 상처를 받을까 봐 걱정했고, 엄마에게 이야기를 전해들은 아빠는 당장은 마음이 아프겠지만, 시간이 해결해줄 거라고 했다. 그날 지오가 새벽에 보낸, '나는 정말 나쁜 아이야.'라는 문자를 본 유리조차 대수롭지 않게 생각했다.

어쩌면 그래서 지오는 견딜 수 있다고 믿었을지 모른다. 아무도 몰라서, 아무도 모를 것이기 때문에.

1

창밖에 지오

토마토와 까만콩

어라, 지오가 웬일로 새벽에 문자를 보냈지? 아 ― 오늘 놀토라 늦게까지 안 잤구나. 으흠. 답장을 보내줄까? 하지만 벌써 10신걸. 게다가 이따 볼 거고. 어쩐다. 히, '맞아, 넌 좀 나빠.' 그럴까? 아니지. 지오는 유머가 부족한 걸girl이잖아. 그러니까 정공법으로.

토마토는 나쁜 애 아님. 그림 올리란 공지 무시 친 딴 파랑들이 나쁨. 이번 크로키 동세 짱! ―까만콩 생각

토마토는 만화 동아리 '파랑' 카페 지오 닉네임이고, 까만콩은

내 거. 어릴 때부터 나는 '까만콩'이라고 불렸다. 아빠를 닮아 유난히 까맣고 쪼그매서.(지금은 많이 하얘져서 유감스럽게도 함량 미달 까만콩이지만.) 다른 애들은 어떤지 몰라도 나는 '이유리'라는 특징 없는 이름보다 '까만콩'이란 별명이 더 좋았다. 은근히 도도하고 의젓하게 느껴진다. 아닌가? 뭐 그래도 할 수 없고. 여하튼 나는 카페 닉네임을 만들 때도 일 초도 망설이지 않고 '까만콩'이라고 했다.

하지만 지오랑 '토마토'는 별로 어울리지 않는다. 내 머릿속에 저장된 토마토 이미지는 핏빛이다. 아마 언젠가 봤던 스페인 토마토 축제 사진 때문일 거다. 새빨갛게 으깨진 토마토 늪(?)에서 허우적대는 여자애. 처음엔 그게 다 핀 줄 알았다. 여하튼 토마토랑 지오는 싱크로율이 떨어진다. 지오는 적당히 큰 키에 보호 본능을 일으킬 만큼 마르고 피부도 하얗다. 누가 봐도, '소녀적'이다. 그래서 까맣고 키 작은 나랑 나란히 있으면 좀 웃기다. 흑백과 불균형의 대비, 뭐 그런 거다. 게다가 우린 '내면적'으로도 현격한 차이가 존재한다는 평가를 받은 바 있다.(평가의 주체는 2학년 담임. 평가 자료는 국어 교과 담당인 담임에게 제출한 수행평가 소설.) "같은 나인데 정신세계가 어쩜 그렇게 다르니? 하나는 순정만화, 하나는 독립영화. 그런데도 단짝인 걸 보면 신기하다니까."

그 뜻이 순정만화에 비유된 나의 정신세계는 어리고, 독립영화에 비유된 지오의 그것은 성숙하다는 의미란 걸 알았지만 나는 의연하게 "아, 감사합니다."라고 반응했다. 솔직히 다르다는 건 인정한다. 그렇다고 그게 '어리고' '성숙하고'의 차이라고는 인정할 수 없다. 그건 그냥 다른 거다. 토마토와 까만콩처럼.

토마토에게는 토마토의 세계가 있고 까만콩에게는 까만콩의 세계가 있다는 말씀. 그러니 단짝이 되고 안 되고는 순전히 토마토와 까만콩 마음인 거다. 신기할 것 하나 없는.

좀 이상한 애

사실, 나는 처음에 지오가 '오타쿠'인 줄 알았다.

그 얘길 하려면 조금 오래전 얘기부터 꺼내야 하는데, 지오랑 나는 1학년 때부터 '얼굴'은 아는 사이였다. 지오가 2학기 말에 예전에 내가 살던 아파트, 같은 라인으로 이사를 왔기 때문이다. 아침에 엘리베이터에서 자주 봤는데 분위기가 좀 그랬다. 같은 교복에 같은 색깔 명찰을 보고, "어, 같은 학교네. 1학년이야?"라고 하니까 무표정한 얼굴로 "응." 하고 끝이었다. 나는 그때부터 지오를 '좀 이상한 애네.' 하고 생각했던 것 같다.

그래서 2학년 때 같은 반이 된 지오를 보고 썩 반갑지는 않았다. 좀 어색하게 지낼 것 같은 예감이 들어서였다. 생각대로였다. 어쩌다 엘리베이터에서 만나도 반응이 똑같았다. 내가 "안녕!" 하면 지오는 여전히 "응." 하고 그만이었다.

지오는 학교에서도 이상했다. 상상해봐, 얼굴이 하얗고 되게 마르고, 말수도 적은 애가 쉬는 시간에 꼼짝도 안 하고 그림만 그리는 거. 그래서 '쟤 혹시 오타쿠?' 그런 생각을 하게 된 거다.

어느 날 뭘 그리나 슬쩍 봤더니 『데스 노트』의 L이었다. 한쪽에 ⑦이라는 스탬프가 찍혀 있어서 '저건 뭐지?' 했지만, 금방 L에게 마음을 뺏겨버렸다. 한 사이즈 큰 티셔츠와 헐렁한 청바지를 입고 웅크리고 앉아 아이스크림을 먹는 L. 오묘하게 오므린 맨발, 다크서클, 엄지와 검지로 스푼을 잡는 버릇까지 똑같이 그렸다. '와아, 잘 그리네!' 난 속으로 깜짝 놀랐다. 나도 L에게 빠져 있던 때라 그날 내 가방엔 『데스 노트 하우 투 리드』가 있었고, 틈만 나면 L을 그렸다. 망쳐버리기 일쑤였지만. 그래서 지오한테 와락 호기심이 생겼다.

"너 그림 되게 잘 그린다."

"……."

"1학년 때 몇 반이었어?"

"7반."

"나는 3반이었는데. 너희 집 작년에 우리 아파트로 이사 온 거야?"

"응."

"어디 살았는데?"

"……."

나로서는 최대한의 적극적인 관심 표명이었는데 지오는 냉담 혹은 무관심. 그래서 '내가 싫은가? 아니면 오타쿠라 그런가?' 하고 70%쯤 친해지길 포기했다. 내가 싫은 게 아니고 오타쿠라서 그런 거면 조금 더 기다려줘야 한다고 생각해서였다.

한 달쯤 지나고 4월 들어 처음으로 지오랑 같이 청소 당번이 됐다. 청소가 끝난 뒤에도 지오는 갈 생각은 안 하고, 자기 책상에 앉아 가방을 뒤적거렸다. 뭔가를 찾는 것 같았다. '한 번 더 말을 시켜 볼까?' 하고 망설였다. 그때 갑자기 교실 뒤쪽에서 우당탕탕 소리가 났다. 돌아보니까, 도덕 시간에 야오이^{동성애물 만화}를 보다가 걸린 애가 다른 애(그게 은수라는 건 조금 있다 이름표를 보고 알았다.) 사물함에서 교과서를 꺼내 바닥에 던진 분위기였다. 교실 바닥에 교과서랑 파일이랑 필통 같은 것들이 어지럽게 널려 있었다.

"너가 일부러 그런 거잖아!"

그 애 말에 은수는 엉거주춤 뒤로 물러서면서 고개를 숙였다.

"너 때문에 내가 도덕한테 불려 가서 얼마나 모욕을 당했는지 알아? 뺏긴 만화책 들고 교무실에서 지금까지 서 있었단 말이야. 나더러 쓰레기 같은 만화를 봐서 머릿속에 쓰레기밖에 없을 거라고, 그러다 쓰레기가 된다고 했다구!"

쓰레기? 심하잖아. 야오이가 어때서?

"아, 미안해. 그런데 난 정말……."

은수가 떨리는 목소리로 말했다.

"웃겨, 정말! 돼지처럼 생긴 주제에, 정말 뭐?"

돼지? 좀 뚱뚱하긴 해도 돼지는 아니네. 눈을 봐, 강아지 같잖아.

"아니, 저기, 난 그냥, 내가 받은 프린트가 잘못돼서. 앞뒤가 똑같아서. 바꿔달라고 하려고……."

아, 그런 거였어!

"그럼 말을 하면 될 거 아냐! 선생님, 하고 부르든지. 그런데 왜 손만 들고 있었냐고."

그러게 ―.

"그건, 프린트 푸는 애들한테 방해될까 봐……."

응? 무슨 방해?

"그래서 니 앞자리에 앉아 있는 나를 도덕한테 걸리게 했단 말이야!"

"미안해, 나는 니가 그런 거 보고 있는 줄 정말 몰랐어."

"뭐, 그런 거! 그런 거!"

하더니 그 애가 은수 뺨을 철썩 때렸다. 어머! 조금은 흥미진진하게 둘의 싸움을 지켜보고 있던 나는 깜짝 놀랐다. 저건 너무 심한 거 아냐? 그러니까 학교에 야오이는 왜 들고 와. 자기가 멍청하게 굴어놓고 왜 저래! 얼굴을 찡그렸다. 그런데 그때 지오가 내 옆을 지나 그 애한테 걸어갔다. 왜 그러지? 하는 순간 지오가 은수 앞에 서서 놀랄 만큼 무서운 표정으로 그 애를 노려보았다.

"꺼져! 안 그럼 죽여버릴 테니까!"

그 애는 지오의 일격에 나만큼이나 놀랐는지 얼굴이 멍해져서 대꾸도 못 하고 서 있었다. 아, 이럴 땐 어쩌지? 가슴이 쿵쿵 뛰기 시작했다. 주변을 둘러봤더니, 하나, 둘, 셋. 모두 눈을 빛내며 사태를 예의 주시하고 있었다. 아, 말려야 하는데, 말려야 하는데. 그렇게 생각은 하면서도 덥석 뛰어들 수가 없었다.(난 그때나 지금이나 행동력이 약해.) 그저 눈치만 봤다. 하지만 지오는 눈도 꿈쩍 안 하고 그 애를 노려보고 있었다. 건드리면 폭발. 그런 게 느껴졌다.

팽팽한 긴장 속에서 그 애가 허물어지듯 "미친년!" 하고 돌아섰을 때 나도 모르게 휴— 하고 한숨을 쉬었다.

은수는 겁먹은 강아지처럼 저만치 물러서서 떨고 있었다. 지오는 그런 은수를 쳐다보지도 않고, 바닥에 떨어진 은수 교과서랑 파일 들을 하나씩 주웠다. 그때서야 나는 엉거주춤 그쪽으로 가서 떨어진 은수 물건을 줍기 시작했다. 왠지 모르게 창피하고 어색했다.

그래도 무슨 말이든 해야 할 것 같아서, "우리 맥도날드나 갈까?"라고 했다.

그날 우리 셋은 주머니에 있는 돈을 몽땅 털어 엄청나게 먹었다. 나는 그때 어색한 분위기를 띄워볼 생각으로 어색하게 투덜거렸었다.(지금 생각하면 오버의 극치.)

"아, 뭐 맛이 이래."

"으, 이건 사람이 먹기엔 부적절해."

은수랑 지오는 그런 나를 신기한 듯 쳐다봤다. 그러면서도 그날 제일 많이 먹은 게 나였기 때문이다.

'그 애가 내일 우리한테 시비를 걸면 어쩌지?'란 생각이 든 건 집에 와서다. 걔가 노는 애였던가? 은근히 걱정도 됐다. 그래서 그날 밤, 엄마랑 아빠를 앉혀놓고 오늘 학교에서 이러고저러고 해서 이러고저러고 했다, 그러니 어떻게 해야겠느냐고 상담을 요청했다. 아빠는 신기하다는 듯 조금 전에 단골 포장마차에서 사 온 어묵 국물을 후루룩후루룩 마시면서, "아, 여자애들은 그러고 싸우는구나. 우리 같으면 주먹이 나오고 누구 한 명은 쓰러졌을 텐데." 하면서 자기 추억담을 잔뜩 늘어놨다. 그래서 나는 조금 화를 냈다.

"나 지금 진지하다고!"

그러자 아빠는 그런 일이라면 엄마에게 물어봐야지, 라는 표정으로 어묵 꼬치 하나를 입에 물고 엄마를 쳐다봤다. 그래서 나도 별수 없이 턱을 괴고 엄마 얼굴을 뚫어져라 쳐다봤다.

"별거 아니네. 지오란 애 멋있다. 걔랑 잘 사귀어봐. 아마 야오이 그 애 후회하고 있을걸. 그러니까 넌 그냥 평소대로 가만히 있어."

흐음. 엄마의 대답이 어딘지 허술하게 들렸지만 내 불안감을 없

애기엔 충분했다. 사실 나도 지오가 좀 과격하긴 했어도 멋졌다고
생각했으니까.

나의 결론

우연이었겠지만 세상에 우연은 없다니까 그건 준비된 필연, 운
명인 거다. 그 사건이 있고 얼마 지나지 않아 지오는 우리 반 아이
들 모두가 인정하는 '특별한 애'가 됐다. 담임이 아침 조회시간에
도장을 찍듯 말했다.

"우리 반 지오가 교육청 미술영재시험에 뽑혔어요. 대단하죠? 3차
에 걸친 어려운 시험이라고 들었는데 모두 축하해주세요."

지오를 본 척 만 척 하던 우리 반 애들이 우르르 지오 주위로 몰
려들었다. 지오는 그때도 지오답게, 시큰둥. 애들의 질문 공세에도
단답형으로만 대답했다.

"응."

"아니."

"여러 가지."

풀이하자면 한 번의 서류전형과 두 번의 실기시험을 봤고, 입시

미술하고 평가 방식이 전혀 다르고, 입시 특혜 가산점 같은 건 없고, 그 분야 작가들한테 동양화, 일러스트, 사진학, 애니 등등을 배운다는 정도.

나중에 알게 된 사실이지만 지오네 집엔 '예술가의 피'가 흐르고 있었다. 작은아버지는 조각가에 고모는 현대무용을 한다든가 그렇다고 했다. 유학 중인 언니도 디자인 전공이라고 했다. 그 사실을 알고 "나도 예술가의 피를 물려받고 싶어. 그랬으면 내 인생이 달라졌을 텐데." 하고 투덜거렸었다. 유감스럽게도 나의 피는 예술하고 거리가 멀다. 부계 쪽으로 보자면, 작은 무역회사 과장인 아빠는 학교 다닐 때 음악, 미술 시간이 젤 괴로웠다고 한다. 시골에 계시는 할아버지 할머니도 평생 농사만 지은 농부고. 아버지 형제들도 예술하고는 거리가 먼 직업에 종사한다. 모계 쪽도 다를 바 없다. 엄마는 외동딸이고 지금 일본에서 이모할머니와 같이 사시는 외할머니나 돌아가신 외할아버지께서도 예술하고는 인연이 없으셨다고 한다. 우리 엄마, 그녀가 아는 '예술가'라곤 서태지가 유일하다. 그녀는 요즘 같은 시대에 부업도 하지 않고 펑펑 놀면서 ─ 아빠는 엄마가 몸이 약하다고 주장하는데, 내가 보기엔 코끼리보다 튼튼하다 ─ "서태지는 우리 시대 최고의 예술가야! 서태지랑 같은 해에 태어난 게 자랑스러워."라고 외치고 다닌다.

물론 내가 지오네 집에 흐르는 '예술가의 피'를 알기까지는 시간이 꽤 걸렸다. 지오는 워낙 말수가 적고, 나도 지오한테 꼬치꼬치

캐묻는 성격이 아니니까. 하지만 시간이란 그런 거다. 함께 다니다 보면 '우연히' 혹은 '뜻밖에' 친구의 배경을 알게 된다.

생각해보면, '예술가의 피'보다 먼저 알게 된 건 지오의 최강 행동력이다. '뜻밖에'에 해당하는.

우리 셋―지오랑 나, 은수―은 그날 급식을 일찌감치 먹고 나란히 체육관 뒤 벤치에 앉아 각자 가져온 만화책을 읽고 있었다. 하지만 난 집중할 수가 없었다. 나를 유혹하듯 햇살에 어룽진 등나무 그림자가 봄바람을 타고 저만치서 살랑살랑 흔들렸고, 어느새 내 마음도 살랑살랑 흔들리고 있었다. 담장 너머 어딘가로 뛰쳐나가고 싶었다. 내가 읽고 있던 만화책의 주인공, 천진난만의 화신 요츠바도 나의 요동치는 마음을 진정시키지 못했다. 나는 다리를 쭉 펴고 발끝에 아슬아슬하게 걸린 삼선 슬리퍼 하나를 멀리 차버렸다.

"우리 학교엔 만화 동아리도 없고, 아, 뭐 이래!"

불쑥 내 입에서 그런 말이 튀어나왔다. 가위바위보에 밀려 보건반이 된 게 한이 맺혔었나? 내가 한 말이지만 뜬금없는 불평이었다. 그런데 지오가 더 뜬금없이 말했다.

"만들까?"

그러니까 만화 동아리를 만들자는 얘기였다.

지오는 그 순간부터 '결정하면 바로 실천'의 최강 행동력을 보여주었다.

"먼저 회원을 모아야겠지."

하고는 하루 사이에 우리가 해야 할 일을 정해 왔다. 우리는 지오의 코치를 받으며 맥도날드에서 전단지를 그렸고 — '파랑'이란 동아리 이름도 이때 정했다 — 다음 날 쉬는 시간마다 2학년 교실을 돌며 전단지를 돌렸다.

일주일 만에 뚝딱 동아리가 만들어졌다. 그 일주일 동안 내가 자발적으로 한 일이라곤 마지막 날 인터넷 카페에 '우리는 이제부터 오로지 2번 파랑입니다.'란 제목으로 포스팅을 한 것뿐인데, 그 내용은 이렇다.

드디어 파랑 카페 개설, 긴급히 파랑을 파헤쳐 보았습니다. '파랑'이란 동아리 이름의 제안자로서 책임감의 발로라고 할까요.

1. 백과사전에는: blue. 색 이름. 가시(可視) 스펙트럼에서는 465~482mμ까지가 파랑으로 보인다. 표준적인 파랑은 먼셀 표색계에서 대체로 2·5 PB4/12 정도에 상당한다. 빨강·초록과 함께 빛의 3원색으로서 보색은 노랑이며, 빨강보다 멀리 작게 보인다.

2. 지식in에는: 시원, 신선, 희망, 자유의 색이고, 동쪽, 평화와 엄숙함, 물, 공기의 색이다.

3. 영어사전에는: 1 푸른; 하늘색〔청색〕의; 남색의 2 〈바람 등이〉 찬

(cold, chill); (추위·공포 등으로) 창백한; (맞거나 하여) 검푸른, 푸르죽죽한 ▶ be blue from cold 추위로 얼굴빛이 파랗다. ▶ His forehead is black and blue. 그의 이마는 시퍼렇게 멍이 들었다. 3 우울한, 비관적인; 〈사태가〉 여의치 않은, 어두운 ▶ feel blue 기분이 우울하다, 등등이 있는데 1번을 제외하곤 잊어주십시오.

4. ('파랑'이 한자사전에도 뜨더군요.) 한자사전에는: 波浪, wave. 작은 물결과 큰 물결. 바람에 의해 생긴 수면 상의 풍랑(風浪)과 풍랑이 다른 해역까지 진행하면서 감쇠하여 생긴 너울을 말한다.

물론 우리는 2번, 2번의 파랑입니다. '창백한, 푸르죽죽한, 우울한, 비관적인' 아닙니다.

솔직히 포스팅을 하려고 찾아보기 전까지 파랑blue에 '우울한', '비관적인'이라는 의미가 있는 줄 몰랐다. feel blue……라.

*

우리는 대체로 잘 지냈다. 나랑 지오는 특별히 약속을 하지 않아도 비슷한 시간에 등교했기 때문에 학교에 같이 갈 때가 많았고, 학교에서는 은수랑 셋이 붙어 다녔다. 우리 반 애들도 자연스럽게 우리를 묶어서 '쟤네들'이라고 불렀다. 그러다 가끔 지오가 알 수 없는 표정으로 "혼자 있고 싶어."라고 했는데 나는 그때마다 혼쾌히 "그래, 그럼." 하고 혼자 있게 해줬다. 은수가 무슨 일 있는 건 아닐까 걱정을 하면 "혼자 있고 싶다잖아. 그게 무슨 일이지 뭐."라고 대답했다. 속으로 싱긋 웃으면서.

문득 혼자 있고 싶을 때가 있다. 난 그랬다. 같이 다니던 친구가 싫어져서도, 특별히 무슨 일이 생겨서도 아니다. 말 그대로 혼자 있고 싶어져서다. 나를 둘러싼 세상이 시들해지고, 온몸에 기운이 쫙 빠져서 입도 벙긋하기 싫은 상태. '아, 혼자 있고 싶어!'란 마음만 강해졌다.(이게 바로 feel blue?) '왜?'라고 캐물어 봤자 소용없다. 왜 그런지 나도 설명할 수 없으니까. 그러니까 지오를 만나기 한참 전에 그런 상태에 빠진 적이 있었다. 1학년 여름방학 직전이었는데, 갑자기 그랬다. 그때 날 하루 이틀만 그냥 놔뒀으면 좋았을 텐데. 그랬음 기운을 차렸을 텐데.

집에서는, 엄마랑 아빠는 그렇게 해줬다. 밥도 안 먹고 "말 시키지 말아줘. 혼자 있고 싶어!"라고 선언한 나에게 그랬다.

"드디어 사춘긴가 보네? 맘껏 혼자 있어."

"이참에 다이어트도 좀 하고."

하지만 그때 나랑 붙어 다니던 친구는 안 그랬다. 날 가만두지 않았다. 처음엔 왜 그러는지, 무슨 일이 있는지 알고 싶어 했고, 아무 일 없다고, 그냥 혼자 있고 싶어서 그런다고 해도 믿지 않았다. "나한테 화난 거 있으면 말을 해! 이런 식으로 사람 황당하게 만들지 말고!" 밤늦게 전화해서 마구 화를 내더니 절교 선언을 했다.

"너 같은 앨 친구로 생각한 내가 바보다."

후후. 그래서 난 여름방학 전까지 완벽하게 혼자 있을 수 있었다. 그 친구의 싸늘한 시선을 달고 다녀야 했지만. 그때 난 결심했다. 앞으로 누구든 혼자 있고 싶다고 하면 그렇게 해주자. 흔쾌히! 그래서 나는 지오가 혼자 있고 싶다고 했을 때 전혀 놀라지 않았다. '아, 지오도 그렇구나.' 하고 생각했다. 거봐, 거봐, 나만 그런 게 아니라고. 고개를 끄덕였다.

내 예상대로 지오는 금방 우리 곁으로 돌아왔다. 며칠 혼자 다니다가 언제 그랬느냐는 듯, 말을 걸어왔다. 파랑에 관한 일이라면 놀랄 만큼 적극적으로 돌변해서 부장인 내가 할 일을 도맡아 했다. 인체 드로잉 책도 복사해 오고, 크로키나 주제 일러스트 모임도 주도했다. 우리가 대충 그린 그림도 꼬박꼬박 스캔해서 카페에 올려주었다. 무슨 일이든 시작할 때는 최고로, 무진장 열심히 할 것처럼 굴다가도 얼마 못 가서 흐지부지해지는 나하고는 달랐다. 그런 지오를 보면서, '야야, 까만콩 너 좀 부끄럽지?' 하고 반성이라는 걸 했다. 아마도 그래서일 거다. 내가 지오한테 '팬심'이라고 해도 좋을 마음을 품게 된 건.

우리는 2학년 1학기 중간고사 끝나고 나서부터 놀토마다 맥도날드에 모여 파랑을 했다. 서무부에서 '방과 후 교실 사용 허가'를 받

아 주중에 이틀 방과 후에 우리 반 교실에서 파랑을 했지만 그걸로
는 부족하게 느껴져서다. 열의가 대단했다는 얘기지. 만약에 우리
가 지오만큼 그림 실력이 됐다면 파랑은 전국에서 최고 실력을 가
진 만화 동아리가 됐을 거다. 하지만 지오를 빼고 나면 우리들 그림
실력이란 게 다 그렇고 그런 수준.

그때나 지금이나 신기한 건 만화를 그렇게 잘 그리고, 또 열심히
그리던 지오가 만화책은 거의 읽지 않는다는 점이다. 장편만화 중
에 지오가 읽은 건 『데스 노트』 하나라지. 어쩌다 지오가 읽는 것도
내가 모르는 생소한 만화들. 『열아홉』, 『공룡 둘리에 대한 오마주』,
『블랙홀』 등. 공통점은 모두 한 권짜리라는 거. 그중에 『블랙홀』은
만화가 아니라 그래픽 노블이라는데 '아, 뭐 이래?' 하고 얼굴을 찡
그릴 정도로 괴이한 내용, 괴이한 그림체였다. 검은 잉크를 뒤집어
쓴 것 같은, 으스스한 그림체. '벌레병'이라는 청소년 전염병에 걸
린 미국 고등학생들 이야기였으니까. 사실 우리 엄마 만화 취향도
괴이한 편이라—난 어릴 때부터 만화책을 끼고 사는 엄마를 보고
자라서 엄마들은 원래 만화를 좋아하는 줄 알았다—웬만해선 놀
라지 않는데 그건 좀 심했다.

마음 같아선,

"지오야, 세상에 재미있는 만화가 얼마나 많은데, 왜 하필 이런
이상한 만화를 읽어?"라고 말해주고 싶었지만 참았다. 그거야 지오
맘이니까. 그래서 "넌 이거 재밌어?"라고 묻기만 했다. 솔직히 그

게 궁금하기도 했다. 지오의 대답은 역시나 간단했다.

"아니."

지오는 고개를 흔들며 인상을 찌푸렸다. 하하. 그러는 지오가 왠지 사랑스럽게 느껴졌다. 푸하, 하고 웃음이 터졌다. 이상한가?

원래 '사랑'이란 그런 거라고 했다.

누가 그런 이상한 소릴 했느냐고?

그야 우리 아빠다.

"사랑이란 게 원래 그런가 봐. 이상해. 설명하려면 더 이상해져."

그 얘기의 앞뒤는 이렇다. 우리 아빠는 스물다섯의 팔팔한 청년이었을 때 동대문 옷가게에서 아르바이트를 하다가 엄마를 만났다고 한다. 촌스럽게 생긴 여자애 ─ 엄마는 그때 서울에 올라와서 재수를 하고 있었다니까 '여자애'라고 할 수 있지 ─ 가 오 분 만에 이거저거 손가락질을 해가며 거금을 쓰고 가더니, 사흘 뒤부터 일주일 동안 사 간 옷을 하나씩 들고 나타나 "이거 다른 거로 바꿔 갈 수 있어요?"라고 했단다.(그러니까 한꺼번에 가지고 온 것도 아니고 매일 하나씩.) 다른 때 같으면 귀찮고 성가셔서 화가 났을 텐데 안 그랬단다.

"이상하게 기다려지더라고, 오늘은 안 오나 하고."

아마 내 마음도 그런 걸 거다. 이상하게 기다려지는. 이상하게 눈길이 가는. 나는 지오가 혼자 있을 때 눈으로 지오를 좇곤 했다. '지오는 역시 긴 머리가 어울려. 저 갈색의 나풀거리는 머릿결! 어쩜 다리도 저렇게 쭉 곧을까? 난 휘었는데? 혹시 이것은 동성애?'라고 장난처럼 혼잣말을 하기도 했다. 그러는 사이 파랑은 우리 학교에서 제법 유명해졌다.

작년 가을 축제가 절정기였는데 축제 준비하느라 고생한 걸 생각하면 지금도 다리가 떨릴 정도다. 밤에 학교에 남아 있다가 전기가 나가서 휴대폰 플래시를 켜고 팬시 그림을 그리고, 인쇄소 아저씨한테 인쇄비 깎아달라고 조르다 혼도 나고, 부스를 만들다 망치로 손가락을 찧어 퍼렇게 멍도 들었다. 그래도 나는 헤헤거리고 다녔다. 애들이 '쟤, 왜 저래?'의 눈빛으로 쳐다봐도 여전히 헤헤거릴 만큼 미쳐 있었다.(가슴이 울렁거리고, 머릿속에 전구가 환하게 켜진 것처럼.) 내가 보기에 지오도 마찬가지였다. 그때만큼은 가끔 나를 향해 품, 하고 싱거운 웃음을 터뜨렸다.

그렇게 우리는 부스를 만들었고, 우리가 만든 팬시를 판매했고, 우리 작품을 전시했다.(그러니까 그 모든 것을 우리가 한 것이다. 세상에!) 물론 그중에 지오 일러스트가 단연 돋보였다. 예상은 했지만 예상보다 훨씬 더 뜨거운 반응이었다. 우리는 그걸 '지오의 바이올렛 소녀 시리즈'라고 불렀는데 지오가 붙인 제목은 엉뚱하게도 '평화4'였다. 바이올렛 색 머리의 소녀가 죽은 듯 광장 거리에 똑바로 누워 있고, 사람들은—세봤는데 32명—마치 소녀가 안 보이는 듯 웃고, 떠들고 있는 그림이었다.

지오의 바이올렛 소녀 그림 앞에는 꽃다발이 쌓였다. 축제가 끝나고 나서도 1학년 애들은 "선배, 저기⋯⋯." 하면서 지오한테 선물을 내밀었다. 물론 파랑 카페에 올라간 지오의 '바이올렛 소녀 시리즈' 포스트에는 수십 개의 댓글이 달렸다. 인기 폭발이란 말은 이럴 때 쓰는 거겠지.

하지만 축제를 정점으로 파랑은 시들해졌다. 후배를 받지 않아 1학년 애들의 원성도 들었고, '이제는 3학년, 각자의 길을 가야 할 때!' 분위기가 팽팽해져서 하나둘 모임에서 얼굴을 감추기 시작했다.

지오는 뜻하지 않은 유명세에 질린 것 같았다. 카페에 올린 그림도 비공개로 돌리고, 1학년 애들한테 받은 선물도 달가워하지 않았다. 누가 자기 그림에 대해 굉장하다고 말해도 기뻐하지 않았다.

"괜히 전시했나 봐."

나중엔 후회에 가까운 말을 했다.

나라면 인기에 완전히 도취돼버렸을 텐데. 어쩌면 지오는 인기 따위 안중에 없는 앤지도 모르고, 나는 인기라면 입이 헤벌어지는 앤지도 모른다. 하지만 나는 그런 지오가 좋다. 지오가 나를 향해 "너도 다른 애들이랑 똑같구나." 하고 실망한 표정을 짓더라도

"응. 똑같아." 하고 말 거다. 그게 내 마음이니까. 그것이 나의 결론이다.

맥도날드와 파랑

앗, 이러다 늦겠네.

아파트 경비실 앞 거치대에 묶어둔 자전거의 자물쇠를 풀고 흰색 컨버스 운동화 끈을 꽉 맸다. 벌써부터 머리를 질끈 묶고 싶게 만드는 날씨다. 자전거를 타니까 머리 끈이 아쉬워진다. 확 잘라버릴까? 나는 엉덩이를 들고 힘껏 페달을 밟아 속력을 높인다. 자전거 옆으로 휙휙 버스가 지나가고, 콧속으로 은근히 데워진 먼지 냄새가 파고든다. 어느새 가로수 가지엔 새순이 연두색 비눗방울처럼 붙어 있고, 바람이 시원하게 느껴진다. 바야흐로, 봄인 거다. 누구라도 사랑에 빠지기 좋은 계절. 나는 씩씩하게 페달을 밟는다.

사거리에 들어서자 파랑의 아지트, 맥도날드가 보인다. 24시간 매장에 드라이빙 서비스도 되는 덴데, 내가 중학교 입학할 무렵 주유소가 있던 자리에 새로 건물을 짓고 오픈한 매장이다. 이 동네에선 제법 그럴듯해 보이는 건물이다. 손님도 데이트 족이랑 우리 또래 애들이랑 말끔한 차림의 어른들까지 다양하고, 항상 만원이다.

"유리야, 여기야!"

맥도날드 2층으로 올라갔더니 은수가 나를 부른다. 그 밖에 지오, 혜령이, 은아가 있다. 많을 때는 열 명까지도 모였는데 나까지 겨우 다섯이다.

나는 은수에게 '응.' 하고 대답하는 투로 걸음을 빨리한다.

미소도 잊지 않는다.

"휴― 더워."

손으로 부채질을 하며 앉는다.

"왔네."

나를 잠깐 쳐다보고 그렇게 말한 건 지오다.

"응."

나는 계속 지오를 쳐다보는데 지오는 안 그런다. 눈을 내리깔고, 뚜껑을 벗기지 않은 마카로 테이블에 뭔가 그리는 시늉을 한다. 어머, 새벽에 그런 문자 보내놓고 딴청 부리는 것 좀 봐. 그래도 난 뭐라고 하지 않는다. 딴청 부릴 땐 그냥 둔다, 주의니까.

"뭐야, 나오자마자 지오 얼굴만 뚫어져라 쳐다보는 거야, 쳇!"

혜령이가 입술을 비죽 내민다. 아마 혜령인 그러면 귀여워 보인다고 생각할 게 분명하다. 사실 조금 귀엽기도 하다.

"아냐, 아냐, 더워서 그래. 그런데 모두들 왜 그림 안 올려? 나 무시하는 거야?"

나는 약간 응석을 부리듯 투덜거린 다음,

"히히, 그래도 부장님 나온다고 다들 긴장해서 일찍 왔구나?"

하고 덧붙였다.

"뭐든 자기 맘대로야! 부장이면서 명절 증후군이니 어쩌니 말도 안 되는 핑계나 대고. 한 달 내내 카페 관리도 안 한 건 누군데?"

혜령이는 나름, 이사한 뒤로 파랑 모임에 소홀했던 나를 질타하는 중이다.

"그러게."

은아는 샐쭉했고 지오는 여전히 딴청이고 은수는 그냥 웃기만 했다. 모두 화가 난 듯 굴지만 실은 좋은 거다. 오랜만에 파랑 해서.

어쩌다 보니 지난달엔 한 번도 못했다. 내가 부장이니까 내 탓이 크다.

"헤헤, 지난달에 놀았으니까 이 부장, 이제부터 더 열심히 할게요!"

나는 양손을 모아 비는 시늉을 한 다음 "오늘은 내가 쏠게!" 하고 외치고 재빨리 1층으로 내려가 주문을 했다. 은수가 따라 내려왔다. "왜, 괜찮은데." 했더니 은수가 "있잖아, 아까 지오가……." 하면서 지오 얘기를 꺼냈다.

"뭔데?"

"아까 지오가 화장실에서 토했어."

"그래? 아프대?"

"아니래. 괜찮으니까 아무한테도 말하지 말래."

"그럼 정말 괜찮나 보지."

"그럴까?"

"일단 올라가 보자."

은수는 걱정이 많은 애고 지오는 살짝살짝 이상하게 구니까 상황 판단이 어렵다. 이럴 땐 정공법이 최고다.

나는 주문해 온 메뉴를 테이블에 내려놓고, 감자튀김을 케첩에 찍어 지오한테 내밀었다.

"자, 선물! 근데 윤지오, 컨디션 괜찮아?"

"응."

지오는 너무 쉽게 감자튀김을 받는다. 얼굴에 살짝 미소까지 띠고. 그래서 난 은수를 향해 찡끗, 신호를 보내줬다. 됐지?

"자, 그럼 시작해볼까?"

우리는 주문해 온 메뉴를 먹는 둥 마는 둥 하고 은수가 미리 선을 그어 온 만화 용지를 돌려가며 4컷 만화를 그리기 시작했다. 작년에 자주 했던 랜덤 4컷 만화다. 지오는 용지를 받자마자 제일 먼저 쓱싹쓱싹 구도를 잡는다. 나는 첫 칸에 뭘 그릴까 하다가, 아즈망가 대왕 치요가 10점이라고 쓰인 시험지를 들고 있는 걸 그려 넣었다.

제목은 '왜?'. 그리고 혜령이 걸 받았더니 첫 칸에 사과 머리에 까만 콩이라고 쓰인 티셔츠를 입은 나를 그려줬다. 제목은 '까만콩의 실종'. 그래서 난 두 번째 칸에 '잠자는 숲 속의 공주'로 변신한 나를 그려줬다. 그렇게 5장 모두 돌려서 그리고 났더니 한 시간이 훌쩍 지나갔다.

우리는 그중에 두 개를 보충 작업(펜선과 먹칠)해 카페에 올리기로 했다. 하나는 은수가 시작해 지오가 마무리한 거였고, 하나는 혜령이가 시작해서 나, 은수, 지오 순으로 돌아간 거, 그러니까 내가 주인공인 그림이었다. 나는 왠지 쑥스러워서 기름기가 빠져 누글누글해진 감자튀김에 케첩을 듬뿍 찍어, "히히." 하면서 입에 넣고 콜라 컵 뚜껑을 벗겨 바닥에 깔린 얼음 부스러기를 입에 털어 넣고 와드득 씹었다. 그러다 지오랑 눈이 마주쳐서 나는 또 한 번 "히히." 하고 웃었다. 그랬더니 지오도 살짝 웃었다. 오늘은 잘 웃네! 하긴 봄이잖아…….

그 뒤부터 우리는 수다 타임에 돌입했다. 3학년이 된 지 이 주밖에 안 됐기 때문에 같은 반이 된 꼴 보기 싫은 애들 얘기, 새 담임 얘기가 많이 나왔다. 그러고 보니 지오, 은수만 같은 반이 되고 전부 다른 반이 됐다. 나는 같은 반 애들한테 무심한 편이고, '종례만 길게 안 하는 담임이면 만족'이라고 생각했기 때문에 그다지 할 얘기가 없었다. 이럼 내가 불평이라곤 없는 아이 같지만 오해는 금물. 종례 짧은 담임 만나기는 생각보다 어려운 일이야.

어쨌든 우리는 한 시간가량 있는 힘껏 수다를 떤 다음, 서코에 가기로 하고 헤어졌다. 혜령이가 얼마 전에 산 태블릿(전자 펜으로 보드 위에 그려서 컴퓨터로 옮기는 입력장치)과 루리웹 게시판에서 본 서코 얘기를 늘어놓더니, 갑자기 중간고사 끝나고 서코에 가자고 덤볐기 때문이다. 게다가 웬일인지 지오가 선선히 고개를 끄덕였고…….

지오 — 들리지 않는 목소리 1

　믿을 수 있니? 저기, 내 눈앞에 펼쳐진 거리는 환하고 평화로워. 볕은 따뜻하고 바람에선 풀 냄새가 나. 어디에도 비극의 흔적은 없어. 깨끗해. 이렇게 햇빛 속을 걸으면 모든 게 거짓말 같아. 혜성이가 죽었다는 것도, 혜성이란 아이가 세상에 존재했었다는 것도. 지금 내 눈에서 눈물 한 방울 나지 않는다는 것도.

*

　나는 자꾸 웃는다. 누군가랑 눈이 마주치면 '웃어!' 하고 메모리된 인형처럼 잘도 웃는다. 유리한테도 그랬다. 유리는 내가 웃는

걸 좋아하는 것 같다. 내 기분이 썩 괜찮다고 생각하는지도 모르지. 다행이야. 아침에 찬 우유를 너무 급하게 마셔서 속이 안 좋았던 것뿐이니까. 그것뿐이니까. 아무것도 아니니까.

……그런데 왜 그래? 뭘 기대해? 왜 멍하니 서서 안녕, 하고 가는 유리의 자전거를 쳐다보고 있었어. '다행이야.'라면서…… 왜? 왜 자꾸 유리에게 무슨 말인가 하고 싶어 해? 다행이잖아, 그게 맞잖아.

(뭐라고 할 건데?)

아주 오래전에도 이랬다. 유리가 그 만화책을 책장에서 뽑아 든 날, 그날. 그 만화책 책등에 유리의 손가락이 닿고, 유리가 그걸 꺼내 "우와, 제목 근사하네. 블랙홀이라……." 후르르 넘길 때, "어디 블랙홀에 숭 빠져볼까?" 처음부터 한 장 한 장 넘기던 유리의 표정이 점점 굳어져갈 때, 맨 뒷장을 덮고 내게 뭔가 할 말이 있는 것처럼 망설일 때, 내 입술은 나도 모르게 달싹였다. 어쩌면 나는 내내 기다리고 있었는지도 모른다. 유리가 내게 물어주기를. 가령 "이거 어디서 났니? 샀어? 19금이잖아." 같은 말. 그랬다면, 유리가 그렇게 물어줬다면 말할 수 있었을까? 내 안에 꽁꽁 묶여 있던 말들이 툭 하고 끊어져 내 입 밖으로 나왔을까…….

훔쳤어. 내가 그걸 훔쳤어.

천천히 내가 내 발짝을 세는 동안, 열여섯 발짝을 내딛는 동안, 아무도 내 목덜미를 잡지 않았다. ……아무 소리도 들리지 않았다. 내 심장 소리만 내 귀에 들렸다. 누군가 내 심장에 펌프질을 하는 것처럼. 난 그날 서점 밖에 오랫동안 서 있었다. 점점 커지는 심장 소리를 들으면서. 어쩌면 누군가 날 쫓아와 주기를 기다렸는지도 모른다. 누군가 내 보조 가방을 낚아채 내가 훔친 만화책을 꺼내서 내 머리를 내리쳐주기를. 나에게 욕을 퍼부어 주기를.

하지만 그날 유리는 재밌냐고 물었고 나는 아니, 라고 대답했다. 내 대답에 유리는 환하게 웃었다. 다행이야, 라고 생각했다. 사실 읽지도 않았으니까. 펼쳐본 적도 없으니까.

그런데 왜 그랬을까?

다행이야, 라는 마음 끝에 유리에게 다 고백해버리고 싶다는 충동, 금방이라도 내 입에서 혜성이 그 애 이름이 튀어나올 것 같은 두려움에 사로잡혔다.

알아. 그럴 수 없었을 거야. 설령 유리가 그렇게 물었더라도.

(넌 말할 수 없어. 말하기엔 이미 늦어버렸어.)

기억해. 내가 기억할 건 그거야. 집으로 돌아가. 웃어. 엄마를 안심하게 해. 위로가 필요 없다는 걸 보여줘. 지금 곧장 집으로 돌아가 간식을 달라고 해. 'EBS 내신대비 만점 라인'을 들어. 필기를 하면서. 다시 칼날에 베이지 않으려면.

*

약속해요. 엄마 눈에 띄지 않을게요. 무엇이든.

엄마는 조심조심 내 안색을 살피고 뭔가 할 말이 있는 듯 내 주변을 맴돈다. 어둠 속에서 나를 흐느끼게 만들었을까 봐, 자책한다.

엄마를 그렇게 만든 건 나다. 혜성이 소식을 들은 다음 날 아침 퉁퉁 부은 내 눈을 엄마가 본 것이다. "아, 이런." 엄마는 눈물이 그렁그렁한 눈으로 날 끌어안으려고 했다. "미안해. 엄마가 정말 미안해. 괜히 혜성이 얘길……." 하지만 나는 엄마를 밀쳐냈다. **이러지 마 싫 어.** 엄마는 내 손에 당황했다. 그것의 의미를 해석하려는 듯 눈가를 훔치고 "내가 왜 이러……니. 주책……이지. 미안해." 또 미안하다고 했다. 나는 아무 말도 하지 않았다. 어쩌면 내 얼굴이 일그러져 있었는지도 모른다.

나는 화장실에 들어가 오래오래 세수를 했다. 무서웠다.

막 이사를 왔을 때 엄마가 했던 말처럼,

"다시는 혜성이가 찾아오지 못할 거야."

그런 위로를 또 듣고 싶지 않다.

"미술영재시험 한번 보면 어떻겠니? 나쁜 생각 떨치고 집중하는 데 도움이 될 거야."

그런 제안을 또 듣고 싶지 않다. 엄마는 벌써 잊었는지 모르겠지만 나는 똑똑히 기억한다. 엄마의 위로와 제안은 나를 안심시켰지만 동시에 내가 얼마나 나쁜 아이인지 자각시켰다. 칼날처럼.

나는 입을 꼭 다물고 고개를 끄덕이며 엄마 말에 동의했었다. 안심했었다. 엄마가 생각하는 혜성이, 그 애를 그냥 뒀었다. 불쌍하지만 나를 괴롭히고 힘들게 하던 아이. 이제 멀리 왔으니 다시는 나와 연결되지 않아 안심인, 불량한 아이. **아니에요. 그렇지 않아요. 그 애는 그런 애가 아니에요. 나쁜 건 나예요.** 말하지 않았다. 엄마 품에 안겨 혜성이 그 애를 '더 나쁜 아이'로 만들었다.

*

늦은 밤 휴대폰을 손에 쥐고 망설인다. 그러면 안 돼, 라고 생각한다. 그러지 마, 라고 말한다. 유리야, 무서워. 소름이 돋는다. 악몽일 뿐이야. 내가 스스로 건 주문일 뿐이야. **뭐라고 할 건데? 혜성아, 제발 가. 가줘. 이제 그만. 날 놔줘.** 그러면 악몽의 전주곡처럼 그 순간이 떠오른다.

울렁거리는 밤꽃의 비릿한 냄새. 우리를 둘러싼 검푸른 숲의 키 큰 나무들. 달빛에 부풀어 커다란 올가미처럼 저편에서 맴돌던 번성한 나뭇잎의 그림자들. 내 뺨을 할퀴고 지나간 가늘고 긴 나뭇가지. 습기에 찬 흙. 등 뒤로 달라붙던 남자애 휘파람 소리. 미끄럽고 가파른 흙길. 내 숨소리. 어두운 도로. 그 도로에 울려 퍼지던 내 발소리…….

죽는 거 간단하네. 그치? 딱 일 초면 되겠다. 일 초면 안녕. 굿바이. 사요나라. 또 뭐 있어? ……엥? 뭐야, 그 표정? 에헤헤. 또 나왔네. 벙어리 아가씨 얼굴. 또 저래. 그때도 말했지만 내 말은 그냥 죽는 게 별거 아니라고요. ……알았어, 알았어, 인상 펴, 아가씨. 다신 그딴 말 안 할게요. 체.

(그 도로에서 혜성이가 죽은 거야. 혼자서.)

칼날은 엄마의 위로 속이 아니라 어쩌면 내 머릿속에 있는지도 모르겠다. 밤의 악몽. 유일하게 진짜 같은 그것. 나는 꿈을 꾸고 있다는 걸 느낄 수 있다. 내 등이 축축하게 젖고 내 몸이 새우처럼 움츠러들고 숨이 가빠온다. 발밑이 푹푹 꺼지고 나뭇가지가 얼굴을 할퀴고 어디선가 몰려든 벌레들이 달라붙는다. 저 기집애 좀 봐.

미친 듯이 뛰는데. 야, 가서 잡아와! 그 남자애들 목소리가 들린다. 하얗게 숲을 뒤덮은 밤꽃이 우르르 나를 쫓아온다. 미끄러지고 절뚝거린다. 손에 차갑고 축축한 흙이 묻는다. 하지만 난 한 번도 돌아보지 않는다. 혜성이가 거기 있는데.

난 그때만 운다. 막 잠에서 깼을 때. 그때. 이불깃을 꼭 잡고 숨죽여서. 그리고 내 방에 얇은 면 커튼을 적시며 날이 밝아올 때까지 난 깨어 있다. 멀리서 으르렁거리듯 들려오는 오토바이 소리. 저 밑 어딘가에서 흔들리는 나뭇잎 소리. 책상 위에서 째깍째깍 돌아가는 시계 초침 소리……. 나는 웅크리고 이불 속으로 기어 들어간다. 그 속에서 깨닫는다. 내가 운 건 슬퍼서가 아니라 무섭기 때문이란 걸. 그리고 기다린다. 거짓말처럼 환한 햇빛을. 그 속에서 나를 기다리고 있는 엄마와, 유리와, 거리를. 그곳에서라면 칼날을 주머니에 넣을 수 있다. 아무도 모르게.

엄마가 다가오는 소리가 들린다. 엄마의 발소리. 엄마의 인기척. 이제 엄마가 내 방문을 열 것이다. "잘 잤니?"라고 물을 것이다. ……나는 크게 고개를 끄덕이고 눈을 비빌 테다. 마치 아직도 졸린 듯. 투정을 부리듯. ……그리고 웃는다. 조용히. 그러면 엄마 얼굴에 옅은 미소가 떠오른다. 아, 이제 괜찮구나. 안심해도 되겠구나. ……엄마 얼굴에 그렇게 쓰여질 것이다. 그것이 내가 원하는 것이다.

2

1미터쯤 위에서 뚜벅뚜벅

가장 좋을 때

가장 좋을 때가 가장 위험한데 말이야. 가슴이 두근두근하네.

아빠가 그랬다.

행복은 불행을 주머니 속에 넣고 온다잖아.

엄마가 맞장구를 쳤다.

행복은 그렇다? 그거 멋진 말이네. 이번엔 같이 갈 거지?

아빠가 코를 훔치고 리모컨으로 머리를 긁었다.

글쎄. 행운인가? 암튼 그렇다나 봐.

엄마가 책장을 넘겼다. 거의 동시에 아빠가 벌떡 몸을 일으키더니 리모컨을 쥔 채 민망할 정도로 애절하게 소리쳤다. TV 화면 속의 드라마 주인공을 향해서.

얘야, 가장 좋을 때가 가장 위험하다니까. 행복은 불행을 주머니 속에 넣고 온다잖아. 아, 저런, 어쩌면 좋아!

아빠의 '오버'로 얼룩진 마지막 장면만 아니었다면 내가 그 말을 기억할 리가 없겠지. 나는 일 분 전까지만 해도 '도대체 민날 어딜 같이 가자는 거야?' 했으니까. 아빠는 요즘 시도 때도 없이 엄마한 테 같이 가자고 한다. "어딜?" 하고 내가 끼어들면, 슬쩍 말꼬리를 돌려서 "콩아, 그런 게 있다." 하고. 게다가 엄마의 대답은 한결같 이 "글쎄."다. 체, 누가 알고 싶댔나. 나는 둘을 향해 흥! 하고 콧방 귀를 뀌었다. 그러자 배고픔이 세차게 밀려왔다.

나의 배고픔에 대해 의아해하지 마시길. 그날의 장소와 상황은 이랬다. 일요일. 오후 3시가 가까운 시간. 그 둘은 잠옷(이라고 해 봐야 목이 늘어난 면 티에 커플 파자마)을 입은 채 소파에 한 쌍의 거북이들처럼 붙어 있었다. 엄마는 인터넷 중고 사이트에서 오프 라인 거래로 '득템'했다는 후루야 미노루의 너덜너덜한 만화책에 눈을 박은 상태로. 아빠는 그런 엄마 허벅지를 베고 리모컨을 손에 쥔 채 아역 배우의 열연으로 인기를 끌고 있는 사극 드라마에 몰입 한 상태로. 그러니까 중간고사 시험공부에 매진하는(이라고 하면 과장이지만) 딸의 점심 같은 건 안중에도 없고, 만약에 딸이 라면을 끓인다면, "우리 것도 부탁해!"라고 외치고도 남을.

그러니까 나는 허기진 배를 움켜쥐고 그 둘을 쳐다보고 있었던 거다. 혹시나 나를 쳐다보지 않을까 기대를 하면서. 그러나 그 둘은 끝내 나를 쳐다보지 않았고, 나는 결국 그날 3인분의 라면을 끓여야 했다.

하지만 내가 지금 그 얘기를 꺼낸 이유는 그날의 억울함을 호소하기 위해서가 아니다. 내가 그렇게 돼버렸다는 거다. 그 둘의 대화처럼. 더 정확하게 말하자면, 아빠의 마지막 오버 대사처럼. 어, 어, 어, 하는 사이에.

스물네 정거장

그러니까 나는 한 시간 사십오 분 동안 스물네 정거장을 황홀하게 달려가서 '위험'에 퐁당 빠졌다.

그날 나는 새로운 '콩 스타일'을 하고 있었다. 모두들 보자마자 내 '콩 스타일'에 관심을 보였다. 그중에 은수의 "시원해 보인다."가 가장 호의적인 반응이었다. 머리를 아주 짧게 자른 거다. 거의

'확'이라고 할 만큼. 중간고사 끝나는 날 미장원에 갔는데, 처음엔 그냥 앞머리만 살짝 다듬으려고 했다. 그런데 갑자기 그러고 싶어졌다. 나의 그런 행동을 중간고사의 충격으로 인하여 갑자기 충동적인 헤어스타일링을 감행했구나, 라는 식으로 오해하지는 말길 바란다. 그보단 사랑에 눈이 멀어서, 가 백배는 더 진실에 가깝다.

"새로운 콩 스타일이야. 괜찮지?"

니는 '콩 스타일'에 홀려 자기 머리도 어떻게 손을 내야 하나는 둥, 은수랑 지오는 머리카락이 가늘어서 좋겠다는 둥 수다를 떠는 혜령이를 진정시키고, 서둘러 지하철역으로 내려갔다. 그날 우리의 목적지, '서코'까지 가려면 지하철 최단거리 경로대로 움직여도 환승 두 번에 스물네 정거장이었다. 하지만 우리는 '그쯤이야!'의 너그러운 마음이었고, 문제는 전혀 없었다. 일요일 아침 시간이라 지하철역도 한산했다. 등산복 차림의 아줌마, 아저씨 무리가 눈에 띄긴 했지만 열차 안에 빈자리도 많고, 조용했다. 타자마자 금방 앉았다. 그래도 넷이 조르르 같이 앉을 자리는 없어서, 지오만 따로 앉았다.

우리는 그 어느 때보다 다정했다. 맞은편에 앉아 있는 지오를 보며 조용히 벙긋벙긋 소곤댔다. 아, 되게 조용하다. 응. 지오 남방 완전 이뻐. 너가 입으면 안 그래. 콩, 너도 마찬가지거든! 나 오늘 알람 맞춰놓고 잤어. 잘했어. 은수야, 너 살 빠진 거 같아. 아니야, 안그래……. 은아는 왜 안 온대? 아, 학원 보강이래. 아, 뭐야, 혼자 공부하는 척. 배고파. 우유라도 마시고 오지? 우유 알러지야. 뭐, 벌러지! 죽을래? 아니, 사랑해!

나는 틈틈이 지오에게 '사랑해'의 눈짓을 보냈다. 지오는 나랑 눈이 마주치고도 금방 고개를 돌렸다. 또 딴청이네. 그래도 예뻐. 지오는 엉덩이를 살짝 덮는 헐렁한 하늘색 체크 남방에 진청 스키니 바지를 입고, 연두색 폴로 단화를 신었다. 평소에는 하나로 묶고 다니던 긴 머리도 머리띠를 하고 얌전하게 풀어서 한쪽만 귀 뒤로 넘겼다. 사랑스러운 걸girl의 차림새라고나 할까.

지오는 이번 주에도 변함없이 '새벽문자'를 보냈다. '나는 나쁜 아이야.' 이후로 모두 열세 개의 '새벽문자'다. 이번 주에 보낸 건 두 개.

한 번은 2시—비 온다!

한 번은 3시—조용하다. 무서워.

나는 번번이 아침에 그걸 봤다.(딱 한 번 두 시간쯤 뒤에 봤다. 새벽 4시에 화장실 가려고 깨서.) 지오가 새벽에 문자를 보내기 시작한 다음부터 휴대폰을 베개 밑에 두고 자는데도 영 깨지지가 않는다. 게다가 시험 기간에 더 영험해지는 잠 귀신이라도 씌었는지 한 번 자면 끝이다. 바보! 멍청이! 죽어라! 나는 나의 잠 귀신과 나의 돌처럼 무딘 청력을 용서하기 힘들었다. 여하튼 그래서 아침에 허둥지둥 답장을 보내곤 했다.

아, 비 왔구나 / 내 잠 좀 가져가 줘 ^^

솔직히 말하면, 지오의 '새벽문자'를 매일매일 기다렸다.(지오가
며칠 몇 시에 문자를 보낼지 알 수만 있다면 나는 정말 눈꺼풀에 테
이프라도 붙여놓고 기다렸을 것이다.) 비밀스럽고 달콤한 연애의
증거처럼 지오의 새벽문자를 영구보관함으로 옮겼다. 그러면 콩닥
콩닥 가슴이 뛰고 괜히 얼굴이 달아올랐다. 이런 게 사랑이겠지, 하
고 부끄러워지기까지 했다. 만약에 지오가 학교에서도 유난히 다
정하게 굴었다면 새벽문자 따위 평범해졌을 거다. 그런데 지오는
학교에서 보면 언제 그런 문자를 보냈느냐는 듯 딴청을 부렸다. 괜
히 용건도 없이 '뭐 하나?' 하고 지오네 반에 가보면, 나랑 분명히
복도 창 너머로 눈이 마주쳤는데도 고개를 돌려서 창밖을 바라봤
다. 내가 쪼르르 지오 자리로 가면 그제야, '왔어?'의 표정을 지었
다. 어딘가 살짝 그늘진 눈빛으로. 아하하. 물론 그 눈빛, 내 멋대로
그렇게 해석한 거다. 왜냐하면 내가 아는 지오는 예전부터 그랬으
니까.

지오는 부실하게 파랑을 할 때도—3학년 들어 첫 번째 맥도날
드 모임 뒤로 우린 겨우 한 번 더 파랑을 했으니—내 앞에서 딴청
을 부렸다. 다른 애들의 의미심장한 눈빛을 받아가며, 맥도날드 메
뉴 중에서 지오가 좋아하는 맥플러리 오레오를 지오한테만 사줬더
니, 그걸 혜령이한테 먹으라고 했다. 혜령이가 흥분해서 "어머, 이

거 어쩐지 야해. 애정 표현이야, 이거." 어쩌고 해서다. 그게 내 눈엔, '부끄러워하는 연인' 같아 보였다. 그러니까 그러는 지오가 싫기는커녕 사랑스러워 보였다는 얘기다.

　내가 '콩 스타일'을 감행한 날도 비슷했다. 중간고사가 끝난 날이라 우리—지오랑 나, 은수—는 모두 '아, 시원해!'의 기분으로 서점에 갔었다. 학교 근처에서 그래도 제일 큰 서점이었다. 우리는 나란히 붙어 서서 『보그』, 『엘르』, 『앙앙』의 페이지를 넘겼다. 잡지 떼기에 굳이 최신판 잡지가 필요한 건 아니지만, 맘에 꼭 드는 사진이 있으면 하나 살 생각도 있었다. 그러다 지오를 쳐다봤는데 지오가 한 페이지만 계속 들여다보고 있는 거다. 아프리카 난민 수준으로 깡마른 삐죽머리 프랑스 소녀 모델 사진이었다. 게다가 옷도 약간 넝마 스타일. 그런데 지오는 맘에 드는 눈치였다. 내가 "맘에 들어?" 했더니 고개를 까닥. 그래서 "어디가?" 했더니 "머리." 그랬다. 우훗. 바로 그거다. 그래서 내가 '콩 스타일'을 한 거다. 뭐, 아무리 봐도 잡지에서 본 그 여자애하곤 다르지만.

*

　드디어 환승 두 번에 스물네 정거장의 긴 여정이 끝나고 목적지에 도착하자 우리는 조금 흥분해서 환승 통로를 지날 때처럼 와다닥 뛰어서 개찰구를 빠져나갔다. 제일 먼저 눈에 띈 건 코스를 준비하는 아이들. 화장실 입구, 역사 바닥, 지상 통로 계단, 눈에 띄는 곳마다 코스파(派)다. 주위 시선 아랑곳하지 않고, 옷을 갈아입고 분장을 하느라 왁자하다. 자기들도 주인공이란 걸 아는 양 으스대는 분위기다.

부러움과 약간의 질투에 휩싸인 우리는 어깨를 으쓱하고 코스파들 곁을 의연하게 지나갔다.

밖으로 나가자 봄볕 아래 드넓은 광장을 가득 메운 인파가 우리를 기다리고 있었다. 멀리서도 눈에 띄는 화려한 의상 코스파, 휘둥그레진 눈으로 헤헤거리는 구경파, 그리고 희미하게 서 있는 장사파. 우리를 기다렸다가 우리를 위해 나타난 것처럼 비현실적이고, 그래서 유혹적인 풍경이었다. '준비됐나요?' 하고 우리를 불렀다. 나는 그때 슬쩍 옆에 있는 지오 손을 잡았다. 왠지 그러고 싶었다. 지오도 내가 하는 대로 가만히 뒀다. 응? 이런 기분 뭐지? 괜히 얼굴이 빨개지는데 "가자, 가자!" 혜령이가 소리를 질렀다.

어쩌다 보니 지오랑 나, 혜령이랑 은수가 짝을 이룬 것처럼 손을 잡고 걷고 있었다. 지오랑 내가 앞서 가는 혜령이와 은수 뒤를 따라가는 식으로. 얼마쯤 가니까 『20세기 소년』 '친구' 가면을 쓰고, 어깨에 까만 보자기를 두른 남자애가 보였다.(어쩌면 그 남자애를 단순히 '친구' 코스를 하는 애라고 여겼던 그때까지가 아빠가 말한 '가장 좋을 때'였을 것이다.)

"'친구'네! 정말 돈 안 들었겠다."

지오 귀에 대고 속삭였다.

"누구?"

"아! 너 『20세기 소년』 안 읽었지?"

"응."

"잘했어."

"……."

"거기 나오는 악당이야."

지오가 고개를 끄덕였다.

그런데 그 남자애가 우리를 계속 쳐다봤다. 정확히 말하면 지오
를! '어라, 쟤 지금 뭐 하는 거야?' 싶었다. 엉큼하게 지오를 더듬는
시선이 화악 느껴졌다. 솔직히 지오는 그날 유난히 예뻤다. 그러니
까 그 남자애 마음이야 충분히 이해했다. 지오는 단독 시선을 받을
만하니까. 나는? 나야, 볼 것 없는 동네 패션—펑퍼짐한 후드 티,
잉크 묻은 7부 롤업 청바지—에 삐죽 커트 머리다. 그런 나 자신이
창피하다거나 나야말로 '지오와 어울리는 한 쌍'이라고 우길 생각
은 없지만 그 남자애의 시선도 용서가 안 됐다. 나는 그 남자애를
향해 의미 있는 미소를 보냈다. 이런 뜻이다. 넌, 안 돼! 얼굴은 어
떤지 몰라도 키 작지, 어깨 좁지, 비쩍 말랐지. 혹시 그 키도 키높이
깔창? 그리고 패션 감각은 그게 뭐니? 빨간색 줄무늬 티에 파란색
카고 반바지라니. 혹시 보색을 노린 거야?

나는 지오를 끌고, 앞서 가는 혜령이와 은수를 향해 뛰어갔다.

나는 금방 그 남자애를 잊어버렸고, 우리 넷은 바짝 붙어서 종알댔다. "쟤네, 귀여워." "응, 근사해!" "멋져!" 눈에 띄는 것마다 그랬다.(아니지, 근사한 것만 눈에 띈 건가?) 그리고 우리의 지식이 총동원됐다.

"오, 오카라하고 바이올린!"

"마법소녀 리리컬 나노하 음악 코스군."

"아, 쟤네 아까 로젠 메이든이야! 뚱보 메이든이네."

"쟤는 디 그레이맨…… 누구지?"

"칸다잖아! 제복, 가발, 부츠, 돈 꽤 들었겠다."

"크크. 쟤가 들고 있는 거 읽어봐."

"저러고 코스 하는 애도 있네."

우리는 칸다 코스 하는 애가 들고 있는 팻말을 소리 내 읽었다.

　나를 안다고? 설마. 너는 나를 몰라. 나는 없어. 나는 칸다, 나는 메밀국수를 좋아하는 칸다, 냉정하고 잔인한 칸다. 돌아보지 마. 나한테 버림받게 될 테니까!

그러다 모두 흥분해서 동시에 마지막 구절을 다시 읽기 시작했다. 우리들 목소리가 점점 커졌다. 나한테 버림받게 될 테니까. 우리한테 버림받게 될 테니까! 넌 버림받게 될 테니까!(이런, 그때는 몰랐는데 지금 생각하니까 너무 슬프잖아.)

친구, 그 남자애

우리는 광장에서 삼십 분쯤 더 보내고, 입장권을 끊어 실내 행사장으로 들어갔다. 갑자기 숨이 탁 막히는 기분이 들었다. 급격히 산소가 줄어든 느낌. 나는 캐액, 숨을 토하며 행사장을 두리번거렸다. 행사장 실내는 천장이 높고 콘크리트 바닥이라 커다란 창고 같은 분위기였는데, 중앙에 얼기설기 급조된 칸막이 부스가 다닥다닥 붙어 있고, 외벽 높은 창으로 비껴든 길쭉한 햇살 띠 속엔 뿌연 먼지 알갱이들이 모래알처럼 반짝였다.

아, 저게 다 내 콧구멍 속으로 들어가는 거네, 하고 있는데 혜령이가 내 귀에 대고 속삭였다.

"개미들 같아."

"개미?"

하고 돌아봤더니 혜령이가 부스 쪽을 가리키며 인상을 썼다. 왜 그러는지 알겠다.

우리가 서 있는 부스 밖에서 보면 부스 사이를 돌아다니는 입장

객과 부스를 지키는 동아리 회원들, 행사 진행요원들이 바글바글한 개미 떼처럼 보였다. 그런데도 나는 한없이 너그러워졌다. 사랑하는 사람과 함께라면 지옥이라도 좋은걸요, 라고 말하면 엉덩이를 걷어차이려나. 어쨌든 난 그때 개미가 돼도 좋다고 생각했다. 지오와 함께라면.

"그럼 우리도 개미가 돼볼까?"

내가 지오 손을 잡고 앞장섰다. 사람들 틈에 섞여 떠밀리듯 부스 사이를 돌았다. 그런데 언제부턴가 어라, 쟤 걔…… '친구'잖아? 내 시선에 그 남자애가 걸렸다. 가면을 벗었지만 잊을 수 없는 촌스러운 패션의 그 남자애였다.(얼굴은 유감스럽게도 봐줄 만했다.) 그러다 그 남자애랑 눈이 마주쳤다. 그랬더니 그 남자애가 나를 보고 씩 웃었다. 아, 뭐야? 나는 휙 하고 고개를 돌렸다. 다시 돌아보면 또 눈이 마주칠까 봐 절대 돌아보지 않았다. 그래도 신경이 쓰였다. 나는 부러 "지오야! 우리 저쪽으로 가자! 여기 다 후졌어." 하며 약간 오버를 했다. 다행히 혜령이가 있어서 내 오버는 그다지 티가 나지 않았다.

혜령이는 그날 많이 오버했다. 쉬지 않고 "서코도 타락했어! 점점 돈만 밝혀. 살 것도 없어." 툴툴거리면서 제일 먼저 하루히 쇼핑백을 사서 부스에 들를 때마다 이것저것 팬시 용품을 사 넣었다. 은수는 조용히 『룬의 아이들』 스티커 같은 자잘한 팬시를 몇 개 샀다. 하지만 지오는 몇몇 부스에서 회지를 펼쳐볼 뿐 아무것도 사지 않았다.

"그거 사줄까?"

내가 두 번이나 그랬는데 싫다고 했다. 나는 처음부터 부스 가장자리 만화 용품 판매대에서 델리타 스크린톤이랑 톤 나이프를 살 생각이었기 때문에 마비노기 배지 하나만 샀다.

부스를 다 돌고 가장자리로 빠져나와 뒤를 돌아봤더니 그 남자애가 보이지 않았다. 포기한 건가? 라고 생각하는데 내 배 속에서 꼬르륵 소리가 났다. 아, 별거 다 하네. 나는 쑥스러워서 슬쩍 배를 문지르고 지오를 쳐다봤다. 그러자 지오가 머리가 아프다고 했다. 지오가 그러니까 나도 머리가 지끈거리는 것 같았다. "많이 아파?"라고 물었더니 지오는 한 손으로 머리를 짚고 "아니."라고 했다. 많이 아프다는 얘기네. 그런데 또 꼬르륵. 게다가 혜령이가 "아, 아, 잠깐만. 잠깐만 기다려." 하면서 혼자 다시 부스 쪽으로 뛰어갔다. 한번 지나간 부스는 다시 오지 않는다고 그렇게 말해줬건만 혜령이는 포기할 줄 몰랐다.

"어떡하지?"

은수가 걱정스러운 듯 물었다. 그러니까 지오는 아프고, 혜령이는 제 볼일 보러 가버리고, 너는 배고프고, 어쩌면 좋을까? 하는 얘기.

"넌 어때?"

은수도 조금 지쳐 보였다.

"난 화장실……."

"엥? 얼른 가. 진작 가지."

휴우.

주변을 살펴봤지만 지오를 데리고 쉴 만한 곳이라곤 저 구석, 일러스트 전시장 뒤쪽밖에 없어 보였다. "저쪽으로 가서 기다릴까?" 지오가 고개를 끄덕였다. 은수랑 혜령이한테도 거기로 오라고 문자를 보냈다.

안색이 창백해진 지오를 세워둘 수 없어서, 주변에 다른 아이들이 깔고 앉았던 흔적이 있는 두꺼운 박스를 가져다가 지오더러 앉으라고 했다.

"매점에 가서 음료수 사다 줄까?"

"……."

"물은 어때?"

그제야 지오가 고개를 끄덕였다. 그런데 매점에 갈 생각으로 몇 걸음 가다 보니까 그럴 바에는 아예 식당으로 가는 게 나을 것 같았다. 거기라면 의자도 있을 테고.

아, 이 바보!

허둥지둥 다시 지오한테 갔는데, 지오 앞에 누가 서 있었다. 뒷모습만 봐도 아까 그 남자애! 포기한 거 아니었어? 왜 저래? 설마 지금 지오한테 추근대고 있는 거야?

나는 콧김을 뿜으며 그 남자애를 향해 뚜벅뚜벅 걸어갔다.

그런데…… 들렸다.

"너 윤지오 맞지?"

그 남자애 입에서 지오 이름이 나왔다. 아는 사람? 어쩌지? 아는 척을 해? 말아? 나의 약한 행동력은 나를 망설이게 했다. 그리고 그 남자애한테 가려서 앉아 있는 지오의 표정이 안 보였다.

"이상한 애네. 기면 기다, 아니면 아니다, 말을 해. 혜성이 몰라?"

혜성이?

나는 조금 더 지켜보기로 했다.

"……알아."

너무 작아서 들릴 듯 말 듯 하지만, 지오 목소리였다.

"아네. 그렇지, 맞구만!"

그 남자애 목소리가 거만해졌다.

"난, 저기, 뭐라고 해야 하나. 혜성이 아는 오빤데— 에, 뭐, 그 렇잖아도 은서여중인가 너 다닌다는 학교 찾아갈라 했거든. 근데 여기서 만나다니 이거 운명이네. 뭐 어쨌든 혜성이가 니 사진 갖고 다니면서 하도 우리 지오 언니 어쩌구 해서, 딱 보니까 알겠는데, 혹시 실수할까 봐 졸졸 따라다녔다."

그 남자애는 지오 이름도 우리 학교 이름도 정확히 알고 있었다.

"그런데 너 혜성이 죽은 건 아냐?"

응? 죽어?

"뭐냐, 그 표정? 그래, 뭐 여기서 길게 떠벌리긴 그렇고, 암튼 너한테 줄 게 있으니까 일루 연락해."

그 남자애가 카고 반바지 주머니를 뒤적거렸다. 메모지라도 꺼내는 모양이었다.

"필요 없어!"

지오다. 지오가 소리를 질렀다.

"뭐, 뭐라고?"

"……."

"이제 봤더니 아주 나쁜 년이네. 지랄! 뭐 이런 년이 다 있어! 혜성이가 죽었다고! 내 말 못 알아들어!"

아, 뭐야, 저 자식. 왜 지오한테 욕을 하고 난리야.

나는 나도 모르게 앙칼진 목소리로 "야, 너 뭐야! 왜 그래?" 그 남자애 등 뒤에 대고 소리를 질렀다. 그 남자애가 돌아봤다.

"아, 너냐? 땅콩 삐죽머리."

그 남자애가 씩 웃었다. 나는 동요하지 않고 그 남자애를 노려보며 지오한테 걸어갔다. 지오 안색이 조금 전보다 훨씬 더 창백해 보였다.

"그러는 넌 누군데?"

나는 핏대를 세웠다.

"나? 나야 나지. 궁금하면 쟤한테 물어보든가?"

턱 끝으로 지오를 가리켰다.

"안 궁금하거든. 가! 필요 없다잖아!"

"아, 기집애들은 이래서 짜증 난다니까. 땅콩 넌 또 왜 지랄이냐? 혜성이만 아니면 확 그냥!"

그 남자애가 손을 들어 치는 시늉을 했다. 그래도 내가 계속 노려보니까 피식 웃는다.

"아, 내가 진짜 우리 착한 혜성이 봐서 참는다. 야, 니가 쟤 꼬붕인가 본데, 이거 쟤 줘라. 연락 안 하면 가만 안 둔다고 전해."

그 남자애가 돌돌 만 메모지를 나를 향해 휙 던졌다. 그리고 태연하게 뒤돌아서서 가버렸다.

지독하게 기분 나쁜 놈이다. 그러니까 이건 뭔가 안 좋은 일인 거다.

나는 말없이 지오 옆에 앉았다. 지오는 손으로 얼굴을 가리고 고개를 폭 숙였다. 저만치, 바닥에 그 남자애가 던진 메모지가 보였다. 저걸 집어서 버릴까? ……또 망설였다. 그러다 내가 막 엉덩이를 들고 일어서려고 하는데 어디선가 불쑥 혜령이 목소리가 들렸다.

"아, 여기 있었네. 한참 찾았잖아. 은수야, 애들 여기 있어."

둘이 여길 찾다가 만난 모양이다.

"아, 지오 많이 아픈가 봐!"

은수다.

"어머, 정말. 뭐야, 지오 많이 아픈 거야?" "콩 너도 아파?" "얼굴이 둘 다 왜 그래?" 혜령이 목소리는 한 옥타브씩 올라갔다.

*

집으로 돌아오는 길은 유난히 길고 더웠다. 나는 지오를 몇 번이나 훔쳐보았다. 지오는 헤드폰을 끼고 조용히 서 있었다. 필요 없다고, 소리를 지르던 지오는 그 남자애가 던진 메모지를 집어 남방 주머니에 넣었다. "뭐야? 그게 뭔데?" 혜령이가 꼬치꼬치 물었지만 지오는 입을 꽉 다물었다. 나도 모른 척했다. 음, 도저히, 뭐라고 아는 척할 분위기가 아니었다.

불안하다.

그 남자애…… 죽었다는 혜성이…… 그리고 지오!

서툰 위로

그리하여 나의 불면은 시작됐다. 태어나서 한 번도 "잠이 안와."란 말을 해본 적 없는 내가.

12시가 넘었는데 잠이 안 왔다. 이리저리 뒤척거리다 벌떡 일어나 앉았다 다시 누웠다 이불을 뒤집어썼다. 11시부터 그랬다. 이런 걸 안절부절못한다고 하겠지. 아무리 생각해봐도 모르겠다. 그 남자애가 왜 그러는지. 그 남자애 정말 기분 나쁜데……. 다시 정리를 해봤다. 그 남자애랑 지오는 오늘 처음 만났다. 둘 사이에 죽었다는 혜성이란 애가 있다. 지오는 혜성이를 안다고 했고, 그 남자애가 자기 입으로 자기가 혜성이 아는 오빠네 어쩌고 했으니까, 혜성이란 애랑 그 남자애는 친했던 사인 거다. 그런데 혜성이란 앤 누구지? 그리고 그 남자애가 지오한테 뭘 준다는 거지? 왜 준다는 거지? ……줄 거도 없으면서 괜히 시비를 거는 건가? 분위기로 봐선 충분히 가능해. 그렇지만 지오 반응이……. 지오가 그런 식으로 누구한테 소리 지르는 건 '은수랑 그 애 사건' 뒤로 한 번도 본 적 없었다. 흐음. 내 머리로는 파악이 안 돼! 나도 안다. 지오한테 물어보면, 지오가 설명해주면 될 일이었다. 물어볼까? 이건 호기심도 아니고 참견도 아니고…… 맞아, 걱정이잖아. 그러니까 대책을 세워야 해. 앞으로 그 남자애가 어떻게 나올지 모르잖아? 학교까지 아는데. 무슨 짓을 할지 어떻게 알아? 근데 뭐라고 물어보지? 음, 음……. 아무리 생각해도 정공법밖에 없었다. 그래, 정공법! 나는 망설이지 않기 위해 주먹을 불끈 쥐고 일어났다. 휴대폰 슬라이드를 위로 올렸다. 현재 시각 12:45. 문자 창을 열고 타다닥.

그 남자애한테 연락할 거니?

아냐, 이건. 채근이잖아. 다시.

　　그 남자애가 학교로 찾아올지도 몰라. 대책이 필요해.

아냐, 아냐, 이건 오버야. 다시. 다시.

　　토마토! 나 많이 걱정돼. 불안하기도 하고. 너 괜찮니?

흐윽. 쓰고 나서 보니까 눈물이 나올 것 같았다.

　　그래, 이게 내 진심이야. 나는 그제야 전송 버튼을 눌렀다. 그리고 답장이 오기를 기다렸다. 아, 그런데…… 바보처럼 또 잠이 들었다. 3시까진 깨 있었는데. 혹시나 하고 휴대폰을 손에 쥐고 잤는데…… 일어나 보니 침대 아래 떨어져 있었다.
　　'이게 불안하고 걱정되는 애니? 쿨쿨 잘도 잤구나.'
　　나는 허겁지겁 휴대폰을 주워 문자를 확인했다.
　　그런데 없었다. 지오 답장 같은 거.
　　기운이 쭉 빠졌다. 못 봤나 보지. 넌 만날 그러잖아. 애써 그렇게 생각해도 마찬가지였다. 그래도 혹시나 하는 마음으로 화장실 갈때도 휴대폰을 들고 갔다. 혹시 아픈 거 아냐? 퍼뜩 그런 생각이 들었다. 그래서 후다닥 교복을 입고 뛰어나갔다.

"아침 안 먹을 거면 말을 하지. 나 잠 좀 더 자게."

엄마가 현관에서 신발을 신는 내 뒤통수에 대고 싫은 소리를 했지만 대꾸할 정신이 없었다.

하지만 지오는 얌전하게 등교했다. 지오네 반 복도에서 서성이던 나를 보고, 신경질적인 목소리로 "왜?"라고 물었다. 나는 당황해서 "응, 그냥. 갈게." 하고 우리 반 교실로 뛰어 내려왔다. 기분이 뭐라 말할 수 없을 만큼 복잡했다. 허무? 허탈? 내가 괜히 오버한건가 싶었다가 '아냐, 지오가 이상해.' 싶기도 하고. 아, 몰라. 모르겠어. 오락가락했다. 그래도 졸린 눈 비비며 수업도 듣고 급식도 먹었다. 이럴 땐 입맛도 없고 그래야 하는 거 아닌가? 하면서.

아침을 걸렀더니 밥맛이 꿀맛이었다. 양념치킨 다리를 싹싹 발라 먹고 끄윽 트림도 했다. 5교시 생물시간을 정점으로 포만감이 밀려왔다. 정신없이 졸았다. 그것도 모자라 수업 끝나는 종이 울리자마자 책상에 고꾸라지듯 엎어졌다. 6교시까지 꾸벅꾸벅. 그러다 종례시간이 돼서야 비로소 정신이 들었다.

아마 그날부터 내가 집에서 괜한 심통을 부렸지 싶다.

"아, 짜! 짜게 먹으면 암 걸려!"

엄마한테 그러고,

"티브이 소리 좀 줄여줘! 난 중3이야!"

아빠한테 그랬다.

엄마나 아빠가 뭐라고 야단을 쳤으면 더 심통을 부릴 수 있었을 텐데, 두 분 다 '이번엔 심통이구나!' 하는 표정을 지었다. 내가 생각해도 우리 부모님은 이상한 쪽으로 훌륭하다. 절대 자식한테 스트레스를 안 받는다.

아빠가 나흘째 되는 날 밤에 나를 불렀다. 나는 밍기적대다가 '할 수 없이 왔다'의 표정으로 안방으로 갔다. 아빠는 경제 뉴스를 보면서 "여하튼, 이번엔 같이 가자, 여보." "아, 이거 큰일인걸. 점점 더 어려워지겠어."라고 앞뒤가 안 맞는 얘기를 중얼중얼 대면서 한 손으로 더럽게 코털을 뽑고 있었다. 얼마 전에 들은 바에 의하면 요즘 아빠 회사도 약간의 경영난을 겪고 있다고 한다. 사장이 두 달째 월급을 안 가져갔다나. 그래서 과장급 이상 직원들도 이번 달 보너스를 반납하기로 했다고 한다. '그래도 그렇지, 더럽게 뭐야.' 싶은데 아빠는 그 손을 쓰윽 추리닝 바지에 문지르더니 내 얼굴을 보고 "우리한테 뭔가 얘기하고 싶은 게 있으면 언제든 말해줘. 알았지?" 했다. 그래서 나는 "딸 앞에서 코털 뽑지 마!" 하고 신경질을 냈다. 그랬더니 옆에 있던 엄마가 뜬금없이 "자신 없어. 당신 혼자 가."라고 했다. 이게 뭐야. '그래도 엄마 아빠가 나에게 신경 쓰고 있었구나.' 했던 마음이 단번에 사라졌다.

그건 그렇고,

이번 일은 아빠한테도 엄마한테도 말할 수 없을 것 같다. 왜냐하면 그게, 내가 꼭 실연을 당한 것 같아서다. 만약에 상대가 지오가 아니라 남자친구였다면 벌써 진즉에 이러고저러고 상황을 설명한 다음, '그 자식이 하루아침에 변심했나 봐. 날 모른 척하지 뭐야. 나쁜 자식!'이라고 하거나 '남자애들이란 뇌가 없나 봐. 하는 짓마다 어이없어.'라고 했을 거다. 하지만 이건 어떻게 설명해야 할지 난감하다. 사랑의 상처는 상처인 거 같은데, 일단 왜 이렇게 된 건지 나 스스로 상황 파악이 안 되고, 결정적으로 '마음의 정리'가 안 되니까.

종합해서 말하자면 내가 서코에서 돌아온 날 밤 문자를 보낸 후부터 지오는 변했다. 혹시나 하고 기다렸지만 '새벽문자'도 없었다. 그날 복도에서 나를 보고 "왜?"라고 한 건 아무것도 아니다. 학교에서 은수랑 같이 있는 걸 보고 내가 다가가면 달아나듯 나랑 은수를 두고 혼자 가버렸다. 그때까지도 나는 '아, 지금은 말하고 싶지 않은가 보네. 이럴 때일수록 가만히 기다려줘야 해.' 하면서 지오를 향해 변함없는 사랑의 눈길을 보냈다. 그게 싫었나? 지오는 우연히 복도나 계단에서 스쳐도 모른 척 지나갔다. 나 너 같은 애 모르거든. 그거였다. 그때도 나는 의연하게 놀란 가슴을 달랬다.

아, 아직인 거야. 아직……. 기다려……. 하고.

하지만 그날은 달랐다. 보고 싶은 사람 눈에는 자꾸 보고 싶은 것만 눈에 띈다더니, 내가 그 짝이었다. 반도 다른데 지오가 체육관 뒤 벤치에서 그러고 있는 걸 봤으니까 말이다. 점심시간이 거의 끝나가는 때였다. 5교시가 체육이었고, 강당에서 한다고 해서 가는 길이었다. 그런데 지오가 수업 예비종이 울렸는데도 벤치에 앉아 있었다. 아는 척하지 말고 지나가자, 하고 애써 지오랑 시선을 마주치지 않으려고 했다. 그랬는데도 내 눈동자가 제 맘대로 지오 쪽으로 향했다. 힐금힐금. 지오 앞으로 지나가는데, "어머." 하고 내 입에서 신음 소리가 터졌다. 주르르 지오 코에서 피가 났다. 거의 반사적으로 뛰어갔다. 지오를 향해. "지오야, 피! 피 나!" 나는 엉겁결에 체육복 주머니를 뒤졌고, 마침 손에 잡힌 휴지를 꺼내—언제부터 들어 있었는지 꽤나 구겨진 두루마리 화장지 뭉치를—지오 코에 대려고 했다.

"빨리 목 뒤로 젖혀!"

나는 급하게 소리 질렀다. 하지만 지오는 내 손을 뿌리쳤다. 그리고 한 손을 코에 갖다 대 코피가 난다는 내 말을 확인한 다음 교복 주머니에서 단정하게 접힌 손수건을 꺼내 닦았다.

"괜찮으니까, 가!"

지오는 그렇게 말했다.

쿵, 하고 가슴 한쪽이 무너졌다.

그렇게 시간이 지나갔다. 아무 설명도, 이유도 듣지 못한 채.

사랑은 가혹한 것이었다. 나름 이제껏 정공법에 의지해 '쿨'하게 살아왔다고 자신했건만 도무지 '쿨'이 안 됐다. 이건 내가 싫다는 뜻인가? 왜? 내가 그날 그런 문자를 보내서? 그 남자애가 괴롭힐까 봐 걱정해서? 설마……. 하지만 이상해. 어딘가…… 마구 엉켰어. 이대로 가다간 풀 수 없을지도 몰라. 그래, 이렇게 이런 식으로 끝내는 건 싫어. 최소한 이유라도 알아야지. 나한테는 그럴 권리가 있어. 이런 따위의 끝도 없는 자문자답을 하게 만들다니.

나는 한 번 더 문자를 보내기로 했다. 마지막 믿는 구석, 정공법으로.

왜 그러는지 말해줄래? 나 지금 혼란스러워.

답장은 놀랄 만큼 빨리, 바로 날아왔다. 귓가에 지오 목소리가 들리는 것처럼.

도대체 알고 싶은 게 뭔데!!!

지오 — 들리지 않는 목소리 2

　이제 어디를 가도 그 남자애가 쫓아온다. 불쑥 그 남자애의 손이 내 어깨를 잡고, 나를 돌려세울 것만 같다. 야, 거기 서! 도망가면 내가 못 찾을 거 같아? 나는 뒤를 돌아볼 수가 없다. 교복을 입은 채로 도망치듯 거리를 헤맨다. 걷는다. 헤드폰으로 귀를 막고 앞서 걷는 사람의 등을 쳐다보며 따라간다. 어디든 상관없다. 사람이 많은 곳이면, 내가 눈에 띄지 않는 곳이면 된다. 그런데 정신을 차리고 보면 문득문득 내가 그곳에 가 있다. 그 서점. 만화책을 훔친 그곳에 멍하니 서 있다.

　그곳을 가르쳐준 건 혜성이다.

"언니, 나 이상하게 만화책은 못 훔치겠어. 그럼 벌받을 거 같아."

혜성이는 부끄러운 듯 비닐에 싸인 만화책을 뽑아 쓰다듬듯이 만지작거렸다.

"사줄까?"

"바보, 언니는 바보야. 그런 말이 아니라고."

혜성이는 몹시 서운한 표정을 지었었다.

멍하니 서 있는 내 어깨를 누군가 건드리는 바람에 나는 진저리를 친다. 아저씨가 손가락으로 귀를 가리킨다. 아, 하고 헤드폰을 뺀다. 좀 시끄럽네요. 다 들려요. 나는 음악을 끈다. 미안해요. 그런데 뭐 찾는 거라도 있어요? 저번에도 여기 서 있던 거 같은데. 나는 고개를 마구 흔들고 허둥지둥 밖으로 나가다 매대 가장자리에 쌓아둔 만화책 더미를 건드린다. 와르르. 바닥으로 만화책들이 쏟아진다. 얼굴이 화끈거린다. 나는 고개를 푹 숙이고 바닥에 떨어진 만화책을 집는다. 괜찮아요, 학생. 우리가 할게요. 나는 계속 만화책을 집어 매대에 올려놓는다. 그렇게 막 올려놓으면 안 돼요. 다 자리가 있는데. 이리 달라니까. 내가 어쩌지 못하고 한 손에 들고 있던 만화책을 아저씨가 뺏는다. 나는 서점 밖으로 나갈 때까지 고개를 들지 못한다. 달아오른 얼굴에서 새빨간 열기가 느껴지고 금방이라도 눈물이 흐를 듯 눈가가 뜨거워진다. 꼴좋구나. 그 남자애 목소리가 들린다. 사방에서.

　나는 지하철역 화장실 세면대에서 몇 번이나 세수를 한다. 집으로 가는 거야. 집. 나는 내게 다짐한다. 헤드폰을 다시 끼고, 옷매무새를 가다듬고, 거울에 비친 내 얼굴을 향해 웃어본다. 흠흠. 헛기침을 한다.

　집에 들어가자 엄마가 걱정스러운 눈으로 나를 쳐다본다.

　"매일 그러고 피곤할까 봐, 걱정돼."

　"어, 아니야. 오늘은 은수까지 셋이 갔었어."

　"은수도 갔어?"

　"응. 유리가 부장이니까 같이 가자고 했나 봐. 화방이랑 교보문고랑 만화 서점이랑 정신없이 쏘다녔어."

　내 입에서 쉬지 않고 대답이 쏟아진다.

　"저녁은?"

　"아, 먹었지. 아, 집에 왔더니 피곤하네. 아까까진 전혀 안 그랬는데. 나 얼른 씻고 자야겠어."

　엄마는 조금은 미심쩍은 얼굴로 고개를 끄덕인다. 나는 웃으려고 애를 쓴다. 웃고 싶다. 그렇게 할 수 있다면 아주 활짝 웃고 싶다.

　간신히 옷을 갈아입고 침대에 쓰러졌다. 온몸이 물에 젖은 솜처

럼 무겁고 머리가 멍하다. 집에 들어오기 전에 사 먹은 튀김 한 조
각이 얹혔는지 명치가 답답하다. 물. 물이라도 먹어야 해. 일어나.
하지만 일어나지지가 않는다.

그날처럼 자고 싶다. 그 남자애를 처음 만난 그날처럼.

어떻게 그럴 수 있었는지 모르겠다. 지독한 두통 때문이었는지
도 모른다. 그날만은 그 남자애를 잊고 있었다. 서코에서 지하철을
타고 돌아오는 내내 내 귀를 막은 헤드폰에서는 에픽 하이의 「스틸
라이프」가 반복 재생되고 있었고, 유리는 처음 보는 표정으로 나를
힐금힐금 쳐다봤다. 나는 고개를 돌렸다. 지하철 문 차창 유리에
비친 내 얼굴이 보였다.

윤지오. 긴 머리를 풀어헤치고 얼빠진 얼굴로 서 있는, 역겨운 계
집애.

그 남자애도 저 얼굴을 봤겠지……. 나는 눈을 감았다. 그때 지
독한 두통이 다시 시작됐다. 집으로 돌아온 나는 타이레놀 세 알을
먹고 오랫동안 샤워를 했다. 엠피스리를 찾아 헤드폰을 쓴 채 불을
끄고 침대로 기어 들어갔다. 이유도 없이 아주 시끄러운 음악을 듣
고 싶었다. 헤비메탈 같은. 엠피스리 목록을 뒤져 판테라를 찾아냈
다. 유리가 언젠가 넣어준 거였다. 기타 연주 소리가 귀를 찢을 듯
울려 퍼졌다. 내가 얼마나 판테라를 들었는지는 기억나지 않는다.

기억나는 건, 내가 금방 잠들었다는 것, 그사이 아무 생각도 하지 않았다는 것, 어떤 꿈도 꾸지 않았다는 것. 그게 전부다.

내가 유리의 문자를 본 건 다음 날 아침이었다.

토마토! 나 많이 걱정돼. 불안하기도 하고. 너 괜찮니?

나는 유리의 문자를 보고 소스라치듯 놀라 휴대폰 배터리를 빼버렸다. 그 남자애. 유리의 문자와 함께 그 남자애가 튀어나와 내 앞에 서 있었다. "이제 봤더니 아주 나쁜 년이네. 지랄! 뭐 이런 년이 다 있어! 혜성이가 죽었다고! 내 말 못 알아들어!" 나를 비웃었다. 어제 새근새근 아주 잘도 자던데. 내가 널 가만둘 거 같아. 너 은서여중 다니지? 내 머리를 쾅 하고 내리쳤다. 학교에서 교실로 나를 찾아온 유리를 보자 내 가슴에 볼링공이 굴러와 박힌 것처럼 그 남자애의 존재가 확실하게 느껴졌다. 왜? 내 입에서 유리를 향해 깜짝 놀랄 만큼 거친 목소리가 튀어나왔다. 나는 그 뒤로 유리를 피해왔다. 코피를 닦아주던 유리에게 소리를 지르기까지 했다. 그것으로도 모자라 문자에 대고 화를 냈다. 유리가 뭔가 물어주길 바란다고 생각했는데, 유리에게 말하고 싶다고 생각했는데……. 이제는 유리가 다가올까 봐, 얼어붙는다.

다행이다.

유리는 두 번 다시 내게 연락하지 않을 테니까.

내가 그랬던 것처럼.

*

그 남자애 입에서 혜성이 이름이 나왔을 때. 그때 어쩌면 내 머릿속 어딘가를 틀어막고 있던 마개가 터져버린 건지도 모른다.

'재수 없어.'

'너만 보면 구역질 나.'

'담임이 편들어주니까 좋아?'

'애들이 너보고 꺼지래!'

'너네 엄마 교무실에서 살더라. 다음엔 누굴 데려올 건데?'

'이젠 동네 거지 애랑 노니?'

'벙어리랑 거지. 아주 잘 어울리네.'

불쑥불쑥 오래전 내 귀에 대고 오미수가 속삭이던 말들이 텅 빈 머릿속에서 쾅쾅 울린다.

"쟤구나, 언니 벙어리 만든 거?"

교문 앞에서 나를 기다리던 혜성이가 오미수를 눈으로 좇으며 말했었다.

"대체 아까 귀에 대고 뭐라고 한 거야? 저번에도 그랬잖아. 아주,
눈알 데굴데굴 굴리면서 훑는 거 봐라."

오미수는 교문 앞에 서 있는 나와 혜성이를 몇 번이나 돌아봤다.

"딱 봐도 하는 짓이 저질이네, 저질."

혜성이가 오미수를 향해 헛바닥을 내밀며 두 손을 번쩍 치켜들
고 괴성을 지르자 오미수가 부르르 몸서리를 쳤다.

"에헤헤. 저 꼴 좀 봐."

오미수가 뛰다시피 걸음을 재촉했다.

"야, 저질! 담에 내 눈에 띄면 죽어! 나 이래 봬도 악질이거든."

혜성이가 손가락질을 하고 침을 퉤 뱉었다.

"알았어, 저질! 하굣길 조심하라구!"

오미수는 그날 이후로 몇 번쯤 나를 향해 빈정대듯 코웃음을 쳤
지만 그게 다였다. 교문 앞에서 굳이 '걔'를 보고 가겠다고 기다리
던 혜성이가 "언니, 안녕!" 하면 인상을 찌푸리고 재빨리 걸어갔
다. 혜성이는 가끔 아쉬운 듯 물었다. 걔 정신 차린 거 맞아? 다시
그럼 내가 코를 물어 뜯어줄 텐데. 나는 그때마다 풉, 하고 웃었다.
나중에는 왜 코야? 하고 맞장구를 쳤다. 아, 그럼 주문해. 어디, 귀?
발꿈치? 엉덩이? 혜성이는 내가 쥐고 있던 연필을 빼앗아 드로잉
노트에 그것들을 그렸다. 귀. 발꿈치. 엉덩이. 내가 다시 혜성이 손

에서 연필을 빼앗아 이거, 하면서 발가락을 그렸다. 웩, 발가락? 혜성이가 배를 움켜쥐고 내 방을 데굴데굴 굴러다녔다. 발가락이 그려진 그 드로잉 노트가 아직도 있을 것이다. 책상 맨 아래 서랍 가득 든 드로잉 노트 가운데.

나는 책상 서랍 손잡이를 잡아당긴다. 꽉 찬 서랍이 중간에 걸려서 완전히 열리지 않는다. 손가락을 집어넣어 중간에 걸린 드로잉 노트를 억지로 빼낸다. 스탬프 ③이 찍힌 노트다. 겉표지에 혜성이가 쓴, '우리는 친구입니다'란 글씨가 보인다. 언니 한 번, 나 한 번 그리는 거야. 세 장씩. 숙제야, 숙제. 서랍 속에 들어 있는 건 드로잉 노트가 아니라 혜성이의 목소리다.

배신하기 없기다. 약속해. 배신하기 없기다. 배신하기……

나는 어느새 드로잉 노트를 한 장씩 뜯어 찢고 있다. 부욱. 부욱.

3

우리가 사랑한다고 말할 때

한판 승

알고 봤더니 싸움꾼이네.

누가 봤으면 그랬겠지.

나도 내가 싸움을 잘하는 앤 줄은 몰랐다. 나도 놀랐다. 이미 눈치챘겠지만 난 싸움의 '싸' 자도 시작할 수 없는 미미한 행동력의 소유자다. 그런데 눈 깜짝할 사이에 그 애를 제압했다. 그것도 교실에서 반 애들이 다 지켜보는 가운데 고래고래 소리를 지르고, 욕을 하고, 가방을 집어 던지고, 그 애 머리채를 잡고 흔들었다. 망설임이라곤 없었다. 물론 그 애가 자리에 앉아 있어서 가능한 일이었다. 안 그랬다면 어림없었겠지. 내가 까치발을 떼도 그 애 머리채를 잡을 수는 없었을 테니까.

내가 '그 애'라고 부른 건 박소라다. 보충하자면 2학년 때 지오한테 당했던 그 애. 난 사실 그 애랑 같은 반이 된 거에 아무런 느낌이 없었다. '어, 쟤두 같은 바이었네.' 알아챈 것도 3학년 되고 일주일쯤 지나서거든. 그만큼 나한테 존재감이 없었다는 거다. 그런데 알고 보니 그 애는 나한테, 아니지, 지오한테 쭉 지대한 관심이 있었던 모양이다. 그렇지 않고서야 그 전날 점심시간에 으슥한 체육관 뒤 벤치에서 벌어진 그 일을 그토록 빨리, 자세하게 알고 있을 리가 없지.

그러니까 그 전날 무슨 일이 있었고, 내가 그 애랑 왜 싸웠는지 얘길 하자면 이틀 전으로 돌아가야 한다.

이틀 전에 지오는 돌발(?) 선언을 했다. 우리를 맥도날드에 모아놓고 그랬다.
"다 모인 자리에서 얘기하려고 했는데……."
(그날은 혜령이가 없었다.)
"나 파랑 그만둘래."

그 짧은 문장이 고요히 우리가 앉아 있던 테이블 위에 내려앉았다.

"입시 미술 준비하려고?"

오로지 은아만이 예상하고 있던 일인 듯 말했다.

"예고 가려고?"

은수는 그제야 알아챈 듯 물었다.

나는 뭐라고 해야 할 것 같긴 한데 입이 안 떨어졌다. 얼빠진 애처럼 멍하게 있었다. 요즘 지오와 관계된 일은 전부 뜻밖이라, 머리가 제대로 돌아가지 않았다.

"사실 나도 이제 모임 못 나올 거 같거든. 너도 빠진다고 하니까……."

말꼬리를 흐리던 은아가 난데없이 나를 지목했다.

"부장, 이제 파랑 어떻게 할 거야?"

아, 내가 부장이었지.

"어, 아, 그러게……. 어쩌지?"

나는 더듬었다. 끄응. 최소한의 사리 분별력이라도 발휘하기 위해 애쓰고 있었다. 지오랑 은아 빠지면 나, 은수, 혜령이 셋인데. 안 될 거야 없지만……. 아, 그런데 지오는 갑자기 왜 그만둔다는 거지? 나 때문인가? 아니면…….

"난 그럼 갈게."

갑자기 지오가 가방을 들고 일어나려고 했다.

"아직 얘기 안 끝났잖아? 그런 법이 어딨니?"

은아가 어이없다는 듯 지오를 쳐다봤다.

"누군 시간이 남아서 여기 온 줄 알아?"

은아가 벌컥 화를 냈다.

"은아야, 그러지 마."

"뭘 그러지 마? 너도 이상해."

"아, 그게 아니고……."

"지금 쟤가 저러는 게 정상이니?"

은아와 은수가 티격태격하는 사이 지오가 유령처럼 스윽 일어나 나갔다.

"지오야! 잠깐만."

은수가 불러도 돌아보지 않았다.

"유리야, 어떻게 좀 해봐."

은수는 내가 어떻게 해주길 바랐지만 나는 그냥 멍하니 지오 뒷모습을 바라볼 수밖에 없었다. 마치 버림받은 연인처럼.

생각해보니까, 그 자리에 혜령이가 같이 있었으면 그다음 날 점심시간에 그 일은 일어나지 않았을지도 모르겠네. 혜령인 그날부터 이름만 들어도 엄한 '내신 전과목 집중관리 특별반'에 나가기 시작했고, 우리 중에 누구도 지오한테 그런 얘길 들었다고 혜령이에게 전하지 않으니까.(아, 그것도 따지고 보면 내 탓인가? 내가 뭐냐, 그 '부장'이잖아.)

어쨌든 그날 점심시간, 혜령이는 피곤하고 괴로운 마음이었다고
한다.

콩, 생각해봐, 난 정말 괴로웠어. 어제 학원에서 집에 오니까 1시
반인 거 있지? 수학 숙제 할 것도 있는데…… 엄마가 중간고사 끝
나고 하도 난리쳐서 하겠다고 하긴 했지만…… 학원 선생들이 기
말고사 때까지 매일 그래야 한다잖아. 우리 학곤 딴 학교보다 사흘
이나 늦게 기말고사 보니까, 내신 올릴 시간 충분하다고 그러면서.
하지만 난 매일 그렇게 거기 다니다간 죽을 것 같았다고.

……그러니까 혜령인 잠도 제대로 못 잤고, 급식까지 먹지 못했
다. 카레는 냄새만 맡아도 비위가 상해서 손도 못 댔다.(다른 반찬
도 있었는데—) 그래서 혜령인 매점에서 우유 하나를 사 들고 체
육관 뒤쪽, 그늘진 벤치로 갔다. 마음을 달래려고 애쓰는 중이었
다. 그런데 거기 지오가 소설책 같은 걸 무릎에 펼쳐놓고 앉아 있었
다. 책을 읽는 것 같지는 않았고, 그냥 멍하게 생각에 빠져 있는 것
처럼 보였다. 혜령이는 다른 벤치로 갈까 하다가 말없이 지오 옆에
앉았다. 지오한테 하소연할 생각은 없었지만 그냥 그랬다. 자리에
앉은 혜령이는 우유갑 모서리를 뜯어 벌컥벌컥 마셨다. 찌르르 목

구멍을 타고 찬 우유가 혜령이의 텅 빈 위장으로 스며들었다.

교사(校舍) 너머 운동장에서 와글와글 떠드는 아이들 소리, 등나무 그늘 밖으로 차르르 깔린 징그럽게 눈부신 오월의 햇살, 주변에서 소곤소곤 대는 아이들의 간지러운 목소리, 모든 게 이렇게 천하태평인데 난 왜 이렇게 살아야 해. 갑자기, 눈물겹게, 자신의 신세가 서럽다는 생각이 솟구쳤다.

"아, 정말 4월은 잔인한 달이야!"

왜 갑자기, 그것도 4월도 아닌 5월에, 2학년 때 영어 과외 선생이 틈만 나면 읊어대던 그 말이 떠오른 건지, 혜령이도 몰랐다. 그 말을 들을 때는 몰랐는데, 그렇게 말하고 나니까 혜령이는 실감이 났다. 아, 정말 중간고사가 있는 4월은 잔인한 달이야, 하고 한층 더 괴로워졌다.

"차라리 겨울이 따뜻했네. 죽은 땅에선 라일락이 피어나고. 아, 잔인한 4월이여!"

지오가 아무 말도 안 할 거라고 확신했기 때문에 혜령이는 계속 읊조리듯 말했다.

"잔인해. 정말 잔인해. 오, 그대는 나에게 어찌 이토록 잔인하오리까아!"

한 손을 허공에 치켜들고 자신의 말에 빠져들었다. 그런데 지오가…… 주먹을 쥐고 부들부들 떨면서 소리를 질렀다. 미친 듯이.

"꺼져! 꺼져! 꺼져버려!"

그것도 모자라 무릎에 있던 책을 집어 던지기까지 했다.

콩, 그때 내 기분이 어땠는지 알아? 넌 상상도 못 할 거야. 난 정말 창피하고 황당하고……. 지오가 어떻게 나한테 이럴 수 있니? 내가 뭘 어쨌다고……. 흐윽.

"근데 더 웃긴 건 뭔지 알아?"
"모르지."
기운이 없었다.
"야, 콩! 나 심각해!"
이봐, 심각한 건 나야, 라고 할 수도 없고.
"그래, 뭔데?"
"내가 5교시 끝나고 지오네 반으로 찾아갔거든. 아무리 생각해도 화가 나는 거야. 난 그냥 가만히 멍청이처럼 덜덜 떨기만 했으니까. 흐윽."
하고 혜령이가 뜸을 들이다 털어놓은 건 지오가 점심시간에 조퇴를 해버렸다는 거였다.

"아, 나도 몰랐어. 난 미술 선생님이 재료 정리하는 거 도와달라고 하셔서 점심 먹고 미술실에 있었거든. 와보니까 지오가 없더라고. 사실 지오가 요즘 혼자 있고 싶어 하는 눈치여서 일부러 혼자

됐거든. 말 시키면 귀찮아할 것 같아서…….”

은수는 자기가 무슨 큰 잘못이라도 한 것처럼 쩔쩔맸다.

그리고 그다음 날 내가 그 애랑 싸운 거다. 박소라는 내가 자기 얘기를 듣길 바라는 듯, 내 쪽을 힐끔거리면서 그날 지오와 혜령이의 얘기를 떠벌렸다. 액션을 취해가면서…….

“야야, 완전 눈 뒤집어 까고 지랄 떠는데 대단했대. 웃기지 않냐? 파랑 어쩌고 하면서 잘난 척이란 잘난 척은 다 하고 붙어 다니더니, 왜 이제 와서 그 지랄들이래? 하긴 걔, 걔 윤지오 말이야. 저번에도 거기 똑같은 그 자리에서 쟤 — 이게 바로 나다 — 한테 하는 거 보니까 제정신이…….”

나는 이를 꽉 물었다.

“걔 혹시 옛날부터 이건지도 몰라?”

머리에 손가락을 대고 빙빙 돌리는 박소라를 향해 폭발해버렸다. “닥쳐!” 소리와 함께 내 책상 위에 있던 가방을 집어 던졌다. 박소라 얼굴을 정통으로 맞힌 내 가방은 그 애 책상 모서리에 우당탕 부딪히면서 바닥으로 떨어졌다.

“이 쌍년이 지금 해보자는 거야!”

박소라가 소리를 지르고 바닥에 떨어진 가방을 집어 내 얼굴을 향해 던졌다. 휙 날아온 가방은 내 발치에 떨어졌다. 나는 가방을 성큼 건너뛰어 재빨리 박소라 머리채를 낚아챘다.

"너 가만 안 둬!"

박소라는 나한테 머리채를 잡힌 채 버둥댔다.

"미친년, 이거 안 놔!"

그럴 거면 왜 잡았겠어. 나는 손아귀에 더 세게 힘을 주고 마구 흔들었다. 박소라가 두 팔과 다리로 허우적거리며 소리를 질렀다.

"너도 미쳤냐? 하긴 똑같은 년들이니까……."

그래봤자 박소라는 꼼짝도 못하고 당하고 있었다.

그때 우리 반 반장의 냉정하고 현실적인 경고—그만하지. 더 하면 내가 생지부에 갈 수밖에 없거든—가 없었다면 나는 박소라를 교실 바닥에 내동댕이치고 주먹으로 패주었을 것이다.

그날 난 생전 처음 혼자 맥도날드에 갔다.

달랑 콜라 하나를 주문했다.

그리고 뚜껑을 벗겨 빨대로 뒤적거린 다음 말했다.

"얼음 큰 거로 바꿔주세요."

아르바이트 명찰을 단 점원이 "에?" 하면서 무슨 뜻이냐는 듯 나를 쳐다봤다.

"난 제대로 차가운 콜라를 먹고 싶다고요!"

주변에 서 있던 애들도 나를 쳐다봤다. 찔끔 눈물이 나려고 했다. 나는 흠, 하고 코를 훌쩍이며 새로 받은 콜라를 들고 2층으로 올라갔다. 똑바로 앉아, 창밖으로 보이는 사거리를 내다봤다. 휴우— 내 입에서 길고 긴 한숨이 나왔다.

지오 얼굴이 떠올랐다.

지오—

왜 생각해?

…….

(사랑이란 정말 이상한 거였다.)

친구, 그 남자애 2

놀랍게도 나는 그 남자애를 까맣게 잊고 있었다.

교문 앞에서 후져 보이는 오토바이 위에 앉은 그 남자애가 "야, 땅콩!" 하고 불렀을 때에야 떠올랐다. **앗, 그 자식이다!** 머릿속에서 경계경보가 울렸다.

*

　나의 뇌 용량으론 무리였나? 나는 지오의 돌변과 나의 실연, 파랑의 와해(지오는 최강 행동력을 유감없이 발휘해 돌발 선언을 한 그날 바로 파랑 카페를 탈퇴하면서 그동안 올린 그림까지 몽땅 삭제했다. 그러자 혜령이와 은아가 그 뒤를 따랐다. 결국 나랑 은수만 텅 빈 카페에 회원으로 남았다. 그러니까 파랑은 어느새 '우울한, 창백한, 푸르죽죽한, 비관적인' 파랑이 됐고, 나는 feel blue의 상태.) 등등의 파란만장한 내 열여섯 초기 인생을 갈무리하느라 정신이 없었다. 틈틈이 박소라와도 눈빛을 교환하며 신경전을 벌여야 했다. 이럴 줄 알았으면 그냥 둘걸 그랬나, 슬그머니 후회도 했다. 그러니까 우리 반 다른 애들이 과목마다 전교 등수와 백분율이 명기된 중간고사 성적표를 받고 바짝 신경을 곤두세우며 '중3 첫 성적'과 조우하고 있을 때, 나는 '61%네, 그래도 50%대는 유지하고 싶었는데. 보기 싫은 숫자야. 61.'의 초연함과 심드렁함을 유지하고 있었다. 내가 그럴 수 있었던 데는 엄마와 아빠의 무관심 혹은 방치도 한몫했을 것이다.

　그러고 보니, 지오랑 지난겨울에 같이 산 EBS 내신대비 만점 라인도 들은 지 오래다. "사달라고 해놓고 안 들으면 가만 안 둬! 이

돈이면 만화책이 몇 권인 줄 알지?"라고 나름 엄포를 놓은 엄마가 알면 바로 내 용돈에서 차감할 텐데. 하지만 실연은 강했다. '마음대로 하라고 하지 뭐. 어차피 콩알만 한 용돈.'이라고 생각하게 할 만큼 나를 의연하게 만들었으니까.

나는 내가 의연하게 지낸다고 생각했는데 은수 눈에는 안 그렇게 보였나 보다.(하긴 그날도 3교시 무용 끝나고 추리닝 바지 벗는 것도 귀찮아서 그냥 입고 있다가 6교시에 한문한테 걸려서 벌점 1점 받았다.) 종례가 끝나고 나와 보니 은수가 복도에서 기다리고 있었다. 잠깐 시간 있냐고 해서, 운동장 벤치로 터벅터벅 걸어갔다. 운동장엔 마른 먼지와 어디선가 날아온 꽃가루가 펄펄 날렸다.

은수랑 나는 한동안 말없이 가만히 앉아 있었다.
은수가 먼저 어렵게 입을 뗐다.
"저기…… 괜찮아?"
"그냥."
"있잖아."
(지오 얘긴가? 요즘 다들 지오 얘기군. 내 얼굴에 '지오 때문에 괴로워요.'라고 쓰여 있나. 그토록 무심하던 엄마마저 며칠 전에 뜬금없이 "아 참, 지오 어디 아프니? 우연히 서점에서 봤는데 얼굴이 말이 아니더라."라는 말로 나를 놀라게 하더니…….)

"응?"

"……."

(지오 얘기네. 휴.)

"뭔데?"

"지오…… 많이 아픈가 봐."

(아…… 지오!)

은수는 내 눈치를 살피며 지오네 집에 같이 가보지 않겠느냐고 했다. 지오가 이틀째 결석이고, 지오네 집에 전화를 했는데 지오 어머니가 많이 아프다고 했다면서. 그래서 솔직히 말해줬다. 아마, 지오가 날 보고 싶어 하지 않을 거라고. 그리고 당분간 나 혼자 있고 싶다고.

"은수야, 나 좀 우울해. 필 블루야……."

나라면, 다른 아이라면 '필 블루?' 하고 되물었을 텐데 은수는 안 그랬다. 잠깐 내 얼굴을 물끄러미 쳐다보다가 "알았어." 하고 고개를 끄덕였다.

"그럼, 나 혼자 가볼게."

은수가 그렇게 말해줘서 고마웠다. 더 이상 캐묻지 않아서. 우린 그러니까 그 정도의 우정의 깊이를 가지고 있는 거다.

나는 터벅터벅 운동장을 가로질러 가는 은수의 뒷모습을 바라보다가 가슴이 뻐근해졌다. 우리 사이가 아무것도 아닌 건 아니야, 그치? 중얼중얼 혼잣말을 했다. 그리고 벌떡 일어나 은수를 향해 뛰어갔다. 같이 가아!

그래서 그 남자애, 까맣게 잊고 있던 그 남자애를 은수랑 같이 교문 앞에서 만났다. 그 남자애는 처음 봤을 때처럼 촌스럽고 불량해 보였다. 그 옷차림 그대로 거기에 어울릴 만한 고물 오토바이에 기대 팔짱을 끼고, 짜증 나 죽겠다는 듯 인상을 쓰고 있었다. 솔직히 말하면 그 남자애가 날 부르던 그 목소리, "야, 땅콩!" 소리에 가슴이 철렁했지만 안 놀란 척, '그래, 너냐?'의 표정을 짓고 싶었다. 그래서 일단은 그 남자애를 노려봤다.

"왜?"

주변에서 우리 학교 애들이 웅성거리고, 은수가 내 팔을 잡고 누구냐는 듯 쳐다보는 게 느껴졌지만 나는 시선을 바꾸지 않았다.

"걘 안 나오냐?"

"누구?"

"야, 시간 없으니까 알아들었으면 재깍 대답해라."

나쁜 자식, 지금 누굴 협박하겠다는 거야!

나는 입술을 깨물고 더 강하게 노려봤다.

"아, 정말 짜증 이빠이네. 지금 나 눈 아파 죽겠거든. 장장 한 시간 동안 똑같이 생긴 기집애들 쳐다보고 있었더니 돌아버리기 직전이거든! 그니까 빨랑 말해."

"누가 너더러 그러래?"

"이게 말끝마다 너래? 나 너보다 두 살이나 많거든, 확!"

그 남자애가 손을 들어 때리겠다는 듯 상투적인 액션을 취하자 은수가 움찔해서 뒤로 물러섰다.

"아아, 알았다. 내가 지금 바쁘니까 통과……."

나는 그때 '웃기시네!'의 표정을 지으려고 노력했다. 잘되고 있는지는 모르겠지만.

"아, 생각난다. 너도 그날 같이 있었지."

그 남자애가 은수를 향해 의뭉스럽게 웃었다. 그러더니 윤지오 오늘 학교에 안 왔느냐고 물었다. 은수가 뭐라고 대답한 것도 아닌데 그 자식은 그렇구나, 하면서 아, 제길 시간만 낭비했네, 하필 오늘 어쩌고 궁시렁거렸다. 그러다 헬멧을 쓰고 오토바이에 앉아 시동을 걸기에, 이제 가려나 보다 하는데 나를 휙 돌아보더니 아래위로 훑으며 고개를 끄덕였다.

"뭐 그 정도면 탈 수 있겠네. 야, 타!"

(그때는 몰랐는데 그건 우리 학교 교복 치마의 폭이 오토바이 뒤에 탈 만하다는 거였다.)

나도 모르게 꿀꺽 하고 마른침을 삼켰다.

놀란 거다. 솔직히 겁도 나고.

"왜? 내가 너 잡아먹기라도 할까 봐 그래? 야야, 이래 뵈도 난 견과류라면 딱 질색이거든."

그 자식이 그러면서 나를 보고 히죽히죽 웃었다.

"왜, 도저히 무서워서 못 타겠냐?"

그래서 탔다. 그 자식 오토바이. 은수가 내 팔을 잡고 "유리야, 하지 마."라고 애원하듯 말했지만 난 탔다. "웃기시네. 누가 겁난대!"라고 외치면서. 상처 입은 자존심? 오기? 여하튼 나는 탔다. 그리고 그 자식 옆구리 — 정확히 말하자면 티셔츠 — 를 양손으로 움켜잡았다. 아, 하지만 그건 실수였다. 후회해도 소용없는 실수! 나는 학교 앞을 벗어나면서부터 오토바이 뒤에서 그 자식한테 협박을 당했다. 그러니까 바보처럼 왜 타…….

"어디냐?"

"뭐가 어딘데?"

"야, 너 진짜 형광등이구나."

"뭐?"

"걔네 집 말이야. 안 그럼 내가 널 왜 태웠겠냐? 땅콩이 아니라 돌이네."

난 그때서야 그 자식이 타라고 한 이유를 알았다. 역시 용량 부족인가?

"난 몰라."

"휴우, 그냥 말하지?"

"몰라."

"그냥 잠깐 얼굴 보고 줄 게 있어서 그러니까 기운 빼지 말고 말 해라."

"모른다고 했잖아."

"아, 진짜야?"

"그래."

그때부터 시작이었다. 그 자식이 있는 대로 속력을 내면서 부아 아아아앙 시커먼 매연을 뿜으며 폭주를 하기 시작했다. 내 교복 주름치마가 홀라당 뒤집어지고, 내 맨 머리 속으로 얼얼한 바람이 지나갔다.

"야, 살살 운전해!"

"그러니까 빨랑 어딘지 말해."

"헬멧 없어?"

"어디냐고?"

"안 쓰면 위법이야!"

"꽉 잡아라. 말 안 하면 안 내려줄 거거든."

나쁜 자식. 분노로 온몸이 덜덜 떨렸지만 나는 그 자식 허리를 꽉 잡을 수밖에 없었다.

"모른다고 했잖아! 몰라! 내려줘!"

"그럼 잘 생각해보든가."

"너 신고할 거야. 두고 봐!"

"야, 무섭다아아."

그때 그냥 그 자식을 아무 데로나 데리고 가서, 여기가 지오네 집이라고 하고 도망치면 되는데, 그런 생각이 안 났다. 역시 용량이…….

"야, 너 지독하다."

한 시간 동안 나를 데리고 폭주한 그 자식이 오토바이를 세운 뒤에 뱉은 첫마디다. 나는 이겼으니까, 결국 내가 이긴 거니까 의기양양해야 하는데 그럴 기운이 없었다. 어지럽고 토할 것처럼 속이 울렁거렸다. 그 자식은 내가 그러든 말든 휴대폰으로 시간을 확인하더니 아파트 단지 주차장 한구석에 퍼질러 앉아, 휴대폰으로 바닥을 콩콩 찧으며 "아, 제길!" 어쩌고저쩌고 궁시렁댔다.

나는 마지막 선전포고를 하듯 어깨에 멘 가방 끈을 두 손으로 꽉 잡고 그 자식을 노려보며 말했다.

"도대체 왜 그렇게 지오를 만나려고 하는 건데?"

그 자식이 눈을 치켜뜨고 말했다.

"궁금하냐?"

"그래!"

"신고 안 하면 가르쳐주지?"

나쁜 자식 주제에 유머 수준도 저급하다.

"하, 왜냐? 왜 내가 윤지오라는 그 싸가지를 만나려고 이 개고생 중이냐?"

그 자식은 정말 더럽게 뜸을 들였다. 토할 것 같은 거 억지로 참고 있는데.

"혜성이 소원대로 한 방 먹일라고 그런다."

그 자식이 또 상투적으로 허공에 주먹질을 했다. 전혀 쫄지 않았는데, 내가 쫄았다고 하면서 헛소리를 늘어놓았다.

"하하, 또 쫄았냐? 너 웰케 단순하냐? 견과류라 그래? 머리 진짜 딱딱하다. 내 말 잘 들어, 견과류. 너가 지금 윤지오를 엄청 위한다고 생각하지? 근데 아니거든. 완전 오산이거든."

바쁘다고 온갖 협박을 하더니 바쁘기는커녕 저 자식 백수가 분명하다.

"내가 너라면 일분일초라도 빨리 나를 윤지오한테 데려갈 거거든."

아니면 괜한 수작이든지. 하는 말마다 헛소리다.

"왜냐? 그게 윤지오를 구하는 길이거든⋯⋯. 그걸 너가⋯⋯."

그때 그 자식 휴대폰 벨 소리가 시끄럽게 울렸다. 아, 이건 서태지. 나쁜 자식 주제에 우리 엄마의 예술가, 서태지 노래를 벨 소리로 쓰다니!

"야, 견과류! 니 덕분에 나 오늘 형들한테 뺑뺑이 신나게 돌게 생겼다."

그 자식은 울리는 휴대폰을 받을 생각도 안 하고, 주머니에서 뭘 꺼내 나한테 던졌다. 던지는 게 취미다. 나쁜 자식! 넌 말라비틀어진 견과류거든.

"분위기 보아하니까, 윤지오 내가 준 연락처도 찢어버리고 숨어서 덜덜 떠나 본데, 안 그래도 된다고 전해! 빨리 그거 갖다 줘. 내가 구해줄 테니까 연락하라고 해. 참, 내 이름은 구준호다. 서태지가 아니고."

뭔 소리래.

그 자식은 기분 나쁘게 씩 웃더니, 오토바이에 타고 부아아앙 시커먼 매연을 내뿜으며 가버렸다.

나는 조금 망설이다가, 저만치 바닥에 떨어져 있는—그 자식이 던진—걸 주웠다. 명함이었다. '네버엔딩 나이트—서태지' 기막혀. 뭐야, 그럼 학교도 안 다닌단 말이야. 그리고 왜 하필 서태지야! 나는 그 명함을 구겨서 버릴까…… 하다가 주머니에 넣었다. 만일을 위해서. 단지 그거였다.

닫힌 방문

그러니까 내가 그 자식과 헤어지고 나서 지오네 집으로 간 건 순전히…… 그 자식 때문이었다. 위험한 자의 출현을 알려야 한다는 의협심. 그렇게 한마디로 줄여서 얘기할 수는 없지만, 결코 그 자식이 떠벌렸던 얘기들, 자기가 지오를 구해줄 거라는 등 지오가 덜덜 떨고 있을 거라는 등 헛소리를 믿어서는 아니다. 손톱만큼도 — 퍼센트로 표현하자면 약 0.1% — '혹시'의 불안과 두려움이 없었다고 말할 수는 없지만.

*

오래전부터 느낀 건데 지오 어머니는 참 다정하시다. 나를 보면 항상 반갑게 웃으신다. 내가 안녕하세요, 인사를 하면 한 번씩 "우리 유리 더 예뻐졌네."라고 하신다. 더 예뻐졌다니. 그런 말을 들어본 사람이라면 그게 얼마나 기분 좋은 말인지 알 거다. 뭐, 내가 꼭 그 말 때문에 지오 어머니를 다정한 분이라고 한 건 아니다. 일단, 겉으로 풍기는 분위기부터 사시사철 추리닝 패션인 우리 엄마랑은 다르다. 세련되시고 우아하시고……. 그러면서도 다정하신 거지.

언젠가 일요일 오후에 불쑥 지오네 집에 놀러 갔는데 지오가 외출을 하고 없었다. 그래서 그냥 나오려는데 지오 어머니가 들어오라고, 마침 오전에 쿠키를 구웠는데 먹고 가라고 하셨다. 나는 헤, 웃고는 "그럼, 실례하겠습니다."라고 쪼르르 식탁으로 달려갔다.(그만 분별력을 잃은 거다. 조금만 천천히 걸어갔으면 좋았을걸.) 그랬더니 지오 어머니가 아주 크게 웃으셨다. 하하하.

"내가 구운 쿠키를 이렇게 맛있게 먹어주는 사람은 처음이네. 우리 지오는 한 개 먹고 그만인데, 고마워."

덥석덥석 쿠키를 집어 먹는 나한테 그러시는 게 아닌가. 쑥스럽게. 그래서 난 이러쿵저러쿵 수다를 늘어놓았다. 지오가 학교에서 어떻다는 둥 파랑에서 어떻다는 둥. 내가 수다를 떠는 동안 지오 어머니는 아주 재밌는 얘기라도 듣는 것처럼 고개를 끄덕이시며 미소를 지으셨다. 그러고는 지오한테 너희들 같은 친구가 생겨서 얼마나 고마운지 모른다고, 다 내 덕분이라고, 앞으로도 부탁한다고 하셨다. 뭐랄까, 나는 그날 내가 굉장히 괜찮은 애가 된 것 같아, 쑥스러우면서도 으쓱한 기분이었다.

그러니까 내가 뜬금없이 지오 어머니 얘길 꺼낸 건 나는 지오 어머니를 믿고 지오네 집으로 향할 수 있었다는 말을 하고 싶어서다. 만약에 지오가 나를 피해도 지오 어머니께 '그 자식' 얘기를 낱낱이 고해바칠 생각이었다. 지오 어머니라면 차분하게, 끝까지, 내 머릿속에 뒤엉켜 있는 그 자식과 연관된 모든 이야기들을 들어주실 거고, 지오를 위해 무언가 적절한 대처 방안을 생각해내실 테니까. 그래서 내가 지오네 집 벨을 누를 때까지 걱정한 건 한 가지뿐이었다.

지오 어머니가 안 계시면 어쩌지?

그런데 "어…… 유리구나?" 하면서 현관문을 열어주시는 지오 어머니 목소리가 기대하고는 달랐다. 어쩐지 반가워하는 기색이 아니셨다. 나는 순간 적잖이 당황했다. "예, 안녕하셨어요." 고개를 숙이고 어정쩡하게 현관에 서 있었다.

집 안은 썰렁할 정도로 조용했다.

"미안하다, 유리야. 어서 들어와."

어머니가 내 손을 잡으며 들어오라고 하셨다.

"여기 앉아. 이사 간 데는 어때? 학교 다니기 멀지 않아?"

처음부터 느낀 거지만 좀 이상했다. 지오 어머니는 내가 거실로 가 소파에 앉자 소파 한구석에 있던 커다란 쇼핑 봉투를 치우시려는 듯 집어 들더니, "아니지, 뭐 좀 줄까?" 하면서 다시 제자리에 놓고 우두커니 서 계셨다.

나는 어색해져서 거실 유리 탁자 위 꽂꽂이 수반에 시선을 뒀다. 그리고 실실 말했다.

"아니요. 다닐 만해요."

조금 전까지 숨을 쌕쌕대며 그 자식 얘기를 하러 뛰어왔다는 게 실감 나지 않았다.

"부모님은 잘 계시고?"

"예······. 저기, 지오는?"

그러다 저절로 지오 방이 있는 쪽으로 시선이 갔다.

"어, 그게 지금······ 자고 있어."

그런데 지오 어머니가 갑자기 휴 하고 긴 한숨을 쉬셨다.

"나도 모르겠다."

······!?

"그제부터 끙끙 앓고 있어. 독감이라는데······."

그리고 내 옆에 가만히 앉으셨다.

"아······."

하면서 조금 옆으로 비켜 앉는 내 목소리는 내가 들어도 이상했
다. 뭐가 아······니? 바보 같았다.

"유리야, 혹시 너희들 무슨 일 있었니?"

지오 어머니가 그렇게 물어서 뜨끔했다.

점심시간에 벌어졌던 일이 떠올랐지만 쉽게 입이 떨어지지 않
았다.

"뭐, 특별한 일은······."

말끝을 흐렸다. 그리고 나서

'이러면 안 되지. 그래, 지금 그 자식 얘기를 하자. 그러자.' 하고
마음을 다잡고 있는데 지오 어머니가 먼저 은수 얘길 꺼내셨다.

"아까 은수가 다녀갔거든. 지오 걱정돼서 온 모양인데, 지오 방에 들어가더니 금방 안색이 확 변해서 나왔어. 그래서 무슨 일인지 물어보려고 하니까, 저렇게 방문까지 걸어 잠그고. 얼굴 좀 보자고 애원을 해도 싫다고 소리를 지르고. 아픈 애가 기운도 없을 텐데……. 아무래도 유리야, 오늘은 지오 그냥 두는 게 좋을 것 같아……."

나는 알겠다는 뜻으로 고개를 끄덕였다.

"그런데 그게……."

지오 어머니 목소리가 가늘게 떨리기 시작했다.

"요즘 지오가 말이야, 이상해. 처음엔 괜찮은 것 같았는데……. 난 속으로 걱정하고 있었거든. 혜성이 일 때문에 힘들어하면 어쩌나 하고."

혜성이?

나는 정신이 번쩍 들었다.

"혜성이요?"

*

나는 결국 지오 얼굴도 못 보고, 지오 어머니께 구준호 그 자식 얘기도 못 했다.

나는 지오 어머니한테 혜성이에 관한 얘기를 듣고 많이 놀랐다.

그 아이가 불량한 아이였다는 것, 지오랑 친하게 지냈다는 것, 지오가 그 아이를 만나기 전까지 학교생활에 적응하지 못해 외톨이로 지냈다는 것, 무엇보다 그 아이가 그렇게 불행하게 죽었다는 게⋯⋯ 함부로 "안됐다", "불쌍하다"라고 말해서는 안 될 것 같았다. 그렇다고 고개를 끄덕여, "그랬군요." 할 수도 없었다. 그래서 지오 어머니가 얘기하시는 동안 나는 입을 꼭 다물고 양손을 무릎 위에 모은 채 숨죽이고 있었다. 그러자 어쩌면 지오가 문을 닫고 혼자 울고 있을지도 모른다는 생각이 들었다. 가슴이 쓰라렸다. 그런 줄도 모르고 실연 어쩌고 하다니! 나 자신이 너무 한심해서 때려주고 싶었다.

그런데 그 자식은 지오한테 왜 그러나 싶기도 했지만 그 자식, 구준호가 줄기차게 주장해온 바를 생각해보니까 이해가 되는 구석도 있었다. 그 자식 주장은 줄곧 지오한테 줄 게 있다는 거였으니까. 죽은 혜성이의 유품 같은 게 아닐까, 라는 데 생각이 미쳤다. 지오를 구해주네 어쩌네 하는 걸로 봐서, 분명 지오에게 위로가 될 만한 걸 테지. 그러면 그렇다고 말을 하지, 왜 사람을 겁주고 협박해! 처음부터 그렇게 말했음 누가 뭐래! 나쁜 자식. 나는 구준호의 그 불량스러운 얼굴이 떠올라서 뿌드득 하고 이를 갈았다.

지오 — 들리지 않는 목소리 3

어떻게 해야 멈출 수 있을까…….

드로잉 노트를 다 찢었다.
전부.
남김없이.
하지만 혜성이 목소리를 찢을 수는 없었다.

뼈다귀, 벼락 맞은 나무, 애꾸눈 고양이, 술 취한 아줌마, 구걸하
는 노인, 에 또 뭐가 있나. 어이쿠, 이런 병어리 아가씨가 빠졌네.
에헤헤. 어때? 어딘지 내 친구들 같지 않아? '우리는 친구'. 제목 어

때?……엥! 뭐야, 그 표정? 에헤헤. 또 나왔네, 벙어리 아가씨 얼굴. 항상 저래. 딱 그 말만 듣는다니까. 겁쟁이처럼. 내가 그랬지. 그건 겁쟁이들이나 하는 짓이라고. 그니까 제발, 겁쟁이처럼 굴지 마. 흐, 그래. 그렇게 고개라도 끄덕여. 좀 낫네, 아까보다. 지금부터 그 표정 유지하면서 내 말 들어. 그러니까 난 여기다가 세상에서 제일 행복한 뼈다귀, 벼락 맞은 나무, 애꾸눈 고양이, 술 취한 아줌마 등등을 그릴 거라고. 알았어, 아가씨?

아가씨가 왜 싫어? 난 누가 '아가씨'라고 불러주면 무지 좋을 것 같은데. 그럼 날마다 뒤꿈치 들고 사뿐사뿐 다가가서 꼭 안아줄 텐데. 아가씨 여기 있어요, 요러고. 에헤헤. 냄새나겠지. 맞아, 그게 문제라니까. 아가씨는 아가씨 냄새가 나야 하는데 난 나쁜 년 냄새가 나니 말이야. 게다가 요놈에 쓰레빠는 도저히 사뿐사뿐 걸을 수가 없다니까. 사뿐사뿐 걸으려다가는 코 깨져. ……아, 뭐야. 웃지 마. 그래, 그때 그러다 넘어진 거야. 언니가 벤치에 앉아서 멍 때리고 있길래, 어디 우리 아가씨 한번 놀래줄까, 하다가.

우리 나중에 '아가씨들'이라고 할까? 클램프^{여성 4명으로 이루어진 일본의 만화 창작}
^{집단}처럼 말이야. ……에에. 클램프도 몰라. 자자, 내가 클램프가 누군지 알려줄 테니까, 먹던 거나 계속 먹으셔. 요렇게 맛있는 피자를 남기면 안 되지. 아, 아 하셔, 아가씨! 아니, 언니! 아, 아!

오늘 날씨 짱이다. 자, 이렇게 머리에 팔 베고 누워봐. 저봐, 하늘에 솜사탕 구름이 붙었어. 우왕, 죽인다. 아, 왜 또? 내 빛나는 얼굴에 뭐 묻었어? 아, 이거, 이마……. 별거 아냐, 화장실 문에 쾅쾅 헤딩 좀 했지. 에헤헤. 덕분에 오늘따라 머리가 팍팍 돌아가는걸. 아가씨, 숙제나 내놔 봐! 얼른, 빨리!

그치? 만화 그리다 보면 시간이 빛의 속도로 흐르지? 흐. 나만 그런 줄 알았더니 언니도 그러네. 와, 기분 되게 좋다. 언니랑 나랑 비슷한 거도 있구나. 난 사실 딴 때는 시간이 가는 게 무섭거든. 근데 만화 그릴 때는 안 그래. 아무 생각도 안 나. 겁나는 거도 없고, 배도 안 고파. 평생 만화만 그리면서 살 수 있음……. 에헤헤. 그럼 만화가가 돼야 하는 건가? ……머어? 크흐. 나도 만화가가 될 수·있다고? ……바보. 내가? 주혜성이 만화가가 된단 말이야? 크크. 울 엄마가 들으면 술맛 떨어지는 소리 하지 말라고 하겠다. 언니는 정말 바보야. 내가 만난 최고의 바보. 하긴 그래서 언니가 좋아.

*

이제 믿을 수 있다.

혜성이는 여기 없고, 나는 여기 있다.

여기 있는 나는 귀를 막고 소리를 지른다. 모두 놀라서 달아난다. 이제 내 곁엔 아무도 없다.

어떻게 해야 멈출 수 있니?

(바보, 겁쟁이. 겁쟁이처럼 굴지 마.)

넌 지금 어디 있니? 뻔뻔하게도 네가 보고 싶어. 정말 뻔뻔하게도.

달라졌을까? 만약에 내가 집으로 찾아온 너에게 문을 열어줬다면. 널 무서워하지 않았다면. ……아니겠지. 숲에서 널 버리고 도망쳤을 때 이미 모든 게 끝나버린 거겠지. 넌 지금도 나를 원망하고 있겠지. 그래서 그 남자애가 날 찾아온 거겠지.

4

그 밤 그 숲으로

첫 번째

뭐 이런 자식이 다 있어! 어제도 안 받더니. 다섯 번이나 전화를 했는데도 신호만 가고 받지 않는다. 자기가 전화하라고 해놓고, 왜 안 받는 건데. 벌써 12신데. "콩아, 어지럽다." 엄마랑 거실에서 닭살부부 놀이 중인 아빠가 나를 향해 손짓을 했다. 요즘 들어 매일 늦은 귀가에 '이럴 때일수록 힘을 내야지.'라는 말을 입에 달고 다니는 아빠는 저렇게 집에만 오면 여유 만만이다. 내일 긴급 출장을 간다면서. 길게 누운 엄마도 한술 거든다. "티브이, 안 보여." 딸의 애타는 마음 같은 거 안중에도 없다. 오로지 애정 행각이다. 방금 전까지 아빠는 며칠 전부터 프랜차이즈 빵집 아르바이트를 시작한 엄마 다리를 안쓰러워 죽겠다는 표정으로 주물러주면서, "혼자 가게 해서 미안해. 혼자 갈 수 있지?" 자기들끼리만 아는 얘기를 했다. 나에 대한 관심이라곤 "빨리 자야지."가 전부다. 뭐, 다 좋다. 둘 다 이상한 쪽으로 훌륭하다는 건 이미 알고 있는 사실이었으니까. 하지만 딸이 이렇게 초조하게 앞에서 서성이면, 형식적으로나마 걱정의 표현 한마디쯤은 해야지. 나는 두 사람을 향해 날카롭고 심각한 시선을 날린다. 그랬더니 돌아오는 답이라곤, "인 자? 콩, 혹시 12시라는 거 모르는 거 아냐?" "너 내일 늦잠 자겠다. 그럼 아침 안 먹을 거지?"가 전부다.

"나 지금 심각하다고!"

내 서슬에 놀라는 척 "어, 알았어, 알았어." 해주는 건 그래도 아빠다. 엄마는 도무지 안 된다. "응, 그렇구나. 난 몰랐지." 그런다.

정말 심각한데. 왜 안 믿어주는 거야. 그렇다. 난 그 어느 때보다 심각하다. 일분일초라도 빨리 구준호랑 통화를 해야 한다. 그 전에 내가 할 수 있는 일이라고 생각한 건 다 했다. 은수와 혜령이, 은아에게 에둘러 지오 얘기를 해두었다. 예전에 지오랑 친자매처럼 지내던 아이가 갑작스러운 사고로 죽었대. 그래서 감정 상태도 불안하고 몸도 안 좋은가 봐. 서운한 게 있더라도 지오가 기운을 차릴 때까지 기다려주자. 그러자 모두들 '아, 그랬구나.' 하면서 이제 이해가 된다는 표정을 지었다. 은수는 자신의 일처럼 괴로워했고, 혜령이는 슬쩍 "그럼 파랑 다시 해도 돼?"라고 물었다. 하지만 은아는 "지오가 그런 건 알겠는데 난 어차피 지오랑 상관없이 파랑 못 해."라고 했다. 은아가 냉정하다는 생각은 안 했다. 우린 모두 열여섯이고 이제 서로의 결정을 존중해줄 나이니까. 나는 지오에 대한 오해가 없기를 바랐을 뿐이다. 나는 만족했다. 지오 때문에 애가 타는 내 감정을 강요할 수는 없는 법. 그래서, 이제 남은 건 구준호뿐이다. 그 자식한테 그걸 ─ 지오한테 주겠다고 한 거 ─ 나한테 달라고 해야 한다. 내가 지오한테 전해주면 되니까. 이럴 줄 알았으면 처음부터 나한테 달라고 하는 건데……. 여하튼 지금은 그런 후회 해봤자 소용없다. 지오는 오늘까지 나흘째 학교에 못 나왔다. 지오 어머니가 "걱정해줘서 고맙구나. 이제 나아가는 거 같아. 열도 많이 내렸어."라고 했지만 나는 아직도 지오가 끙끙 앓고 있는 것만 같다. 행동력, 행동력이 필요하다. 나는 다시 한 번 재통화 버튼을 꾹 눌렀다.

제발, 받아라, 구준호!
받았다. 받았다!
「아, 여보세요.」
나는 얼른 휴대폰을 들고 내 방으로 튀어 들어갔다. 그리고 바로 소리를 질렀다.
「뭐야! 왜 안 받아?」

구준호가 소곤댄다.

「누구냐?」

「나, 이유리…… 아, 땅콩이다.」

「아아, 잠깐 기다려. 내가 다시 하지.」

아, 뭐야, 이 자식.

「야, 야, 야!」

그 자식은 장장 삼십 분이나 지나서 다시 전화를 했다.

「어 그래, 용건은?」

아주 거만이 철철 넘친다.

「그거 나 줘.」

「뭐?」

「지오 줄 거 나 달라고.」

「왜, 걔가 너 시켜?」

「아니거든, 그런 거.」

「그럼?」

「지오가 아파.」

「우우우.」

「뭐야, 너. 사람이 아프다는데. 그따위!」

「그럼 사람이 죽었다는데 그따위는 뭐냐?」

「그건, 그건…… 너처럼 단순한 앤 몰라. 지오 지금 굉장히 슬퍼

해. 그래서 아프다구.」

「아, 그래?」

「장난 그만해. 그거 내일 가져와.」

「싫다면.」

「뭐야, 이 나쁜 자식!」

겁먹었나. 말이 없다.

그러더니 이기죽거리듯 이런다.

「너 지금 걔가 슬퍼하는 거로 보이냐? 너 개 좋아하는 줄 알았더니 영 파이네. 야, 걘 지금 슬픈 게 아니라 무서운 거야. 그것도 모르냐? 개 일이라면 눈에 불 켜고 나대면서.」

또 무슨 헛소리. 열이 확 오른다.

「시끄러! 알아듣게 말해.」

그 자식은 또 뜸을 들인다. 이번엔 목소리를 깐다.

「너, 너 살자고 친구 죽여봤냐?」

「뭐어어? 너 지금 장난해?」

어이가 없다.

「내가 왜 이 귀중한 근무시간에 장난을 하냐. 걸리면 짤리는데.」

「어, 그러서. 그러니까 내일 그거…….」

「조용, 조용. 지금부터 내 말 잘 들어. 안 돌아가는 머리 돌려서 설명해볼 테니까. 니가 죽고 못 사는 걔가 지금 어떤 마음일지 알려

줄 테니까. 알았냐?」

　그러고는 흠흠 헛기침까지 한다.

　「……자, 너랑 죽고 못 사는 친구가 있어. 어느 날 둘이 같이 물에 빠졌어. 근데 그 친구가 어디서 났는지 너한테 구명조끼를 줬어. 난 괜찮으니까 가라고 했어. 넌 어쩔래?」

　「……나야 뭐…… 뭐…….」

　「더듬지 말고.」

　「웃겨, 뭐야! 난 물에 안 빠져! 나 수영 잘해.」

　「하하, 그래, 너 수영 잘해. 그래도 빠졌단 말이야.」

　「안 빠져! 안 빠진다구!」

　「살다 보면 빠져! 빠질 수 있어. 알았냐? 수영 잘해도 빠질 수 있고, 못해도 빠질 수 있어. 그러니까 내 말 들어. 너는 빠졌고, 너는 망설이다가 그 구명조끼를 받아서 물에서 살아 나왔어. 혼자만 살아 나왔단 말이야, 알았냐?」

　「뭐야, 지금. 지오 얘기 하는데 왜 물에 빠지고 친구 죽고 그런 이상한 얘기 하고 난리야!」

　「생각만 해도 기분 더럽지?」

　「…….」

　「내 말은 말이야…… 윤지오가 바로 지금 그런 기분일 거다, 그런 말이야.」

그러니까 뭐야, 이 자식 지오가 혜성일…….

「조용한 거 보니까, 이제 머리가 돌아가나 보지? 어쩌면 그거보
다 더 지독한 기분일지 모르지. 걔가 혜성이 버리고 온 덴, 물도 아
니고 혜성인 수영도 잘…….」
「닥쳐!」
「그래, 그거야. 그거 참 더럽지.」
「닥치라고 했어.」
「걔는 아마 ―」
「닥치란 말이야!」
「죽을 맛일걸, 지금.」
「닥치라고, 닥쳐! 닥쳐!」

   •

   •

   •

「내일 와, 줄게.」

그 자식이 그러고 끊어버렸는데도 나는 휴대폰을 귀에 대고 있
었다.

문밖에서 아빠의 헛기침 소리가 들렸지만 아무 말도 할 수가 없

었다. "유리야, 아빠 들어간다." 아빠가 문을 열고 들어왔다. "아이고, 귀청 떨어지는 줄 알았네." 하면서 엄마도 들어왔다. 하지만 두 사람 다 나를 쳐다보고는 아무 말도 안 했다. 엄마는 내가 손에 들고 있던 휴대폰을 빼서 책상에 놔주고, 아빠는 내 손을 잡아 침대에 앉히기만 했다.

아빠가 잡고 있던 내 손을 꼭 쥐었다.

"배고프겠다, 우리 콩. 소리 질러서."

아빠의 그 말에 피식 웃음이 나오다 울컥 목이 메더니 후드득 하고 눈물이 떨어졌다.

*

분명 불을 끄고 이불 속에 기어 들어갈 때까지 난 제정신이 아니었다. 구준호 그 자식 얘기. 이불 속에서 생각하니까 더 무서웠다. 그 자식 얘기 만약에, 만약에 사실이라면…… 지오가 그런 마음이라면…… 그건…… 아아, 그건…… 너무 잔인하잖아. 왜 지오한테 그런 일이 생겨야 해. 지오가 얼마나 착한 앤데. 아냐, 아닐 거야. 아닐 거야. 그 자식, 그 나쁜 자식이 제멋대로 꾸며댄 얘길 거야. 그럴 거야. 틀림없어. 아닐 거야. 한 번만 더 그런 얘길 지껄이면 그 자식 가만 안 둘 거야. 다신 그런 얘기 못 하게…… 못 하게 할 거야. 못 하게……. 그런데 울음이 터질 것처럼 목이 메어왔다. 나는 울지 않으려고 이불을 뒤집어썼다. 울지 마. 거짓말이야. 그런 자식 얘기 믿지 마! 그건 그 자식, 구준호 얘기일 뿐이야. 그 자식 어딜 보고 그런 말을 믿어. 나는 흔들리지 않기 위해 양손으로 이불을 꽉 움켜쥐었다. 이유리, 정신 차려. 속지 마! 그리고 벌떡 일어났다.

이럴 때 필요한 건 직설법, 아니 욕이다.

나는 어둠 속에서 그 자식한테 연달아 문자를 보냈다.

나쁜 놈! 말라비틀어진 견과류 같은 놈!

사기꾼! 깡패! 난 니 말 절대 안 믿어!

니가 이러는 이유가 뭐야? 넌 지옥에 갈 거야!!!!!!!

그랬더니 속이 좀 시원해졌다. 그리고 정신이 들었다. 어쩌면 지오는 구준호가 나쁜 자식이란 걸 알고 있고 그래서 피한 걸지도 모른다는 생각이 들었다.

잠이 쏟아졌다.

간신히 그 자식의 마수에서 벗어났다고 생각했는데 아침에 일어나 봤더니, 그 자식이 내 방에 떡 버티고 있었다. 전생이 있다면, 그러니까 그런 게 있다 치면 그 자식은 보나마나 바퀴벌레였을 거다. 뻔뻔하고 엉큼하고 게다가 끈질긴. 그 자식은 새벽에 나한테 문자 세 개를 보냈다. 이를테면 나의 욕에 대한 답장이라 그거지.

좋아, 오늘 오면 내가 왜 그러는지 알려주지.

진실은 네 상상 이상으로 기혹한데, 굳이 알고 싶다면.

지옥엔 그다음에 가도 늦지 않겠지?

거기, 혜성이와 지오

  내가 그 자식, 구준호가 지목한 지하철역 1번 출구에 도착한 건 1시 30분이었다. 토요일이라고 놀면 안 돼! 그 한 줄의 결론에 다다르기 위해 담임이 장장 삼십 분 동안 특별 종례를 한 탓이다. 담임이 오늘만큼 싫었던 적은 없었다. 구준호한테 전화를 해서 1시까지 가겠다고, 기다리고 있으라고 큰소리를 쳤는데 꼴이 우습게 된 거다. 그건 그렇고, 그 자식이 없다. 치사한 자식. 삼십 분은 기다려야

지. 나는 전화를 하려다 문자를 보냈다. 어디 있어? 다시 한 번, 어디 있냐구? 아아, 정말 재수 없는 자식이야. 별수 없이 통화 버튼을 눌렀다. 안 받는다. 다시. 다시. 다시. 그렇게 꼴 보기 싫을 땐 잘도 나타나더니. 아, 하느님! 부처님! 저에게 냉정하고 비수처럼 날카로운 마음을 주세요! 강한 행동력을 주세요! 이번에 그 자식이 또 헛소리를 하면 싸움꾼의 면모를 보여줄 생각이었다. 오늘도 학교에 못 나온—지오 어머니 말씀으론 이제 거의 다 나아서 회복 중이라고 하지만—지오를 생각해서라도 다시는 그런 소리 못 하게, 본때를 보여줄 것이다. 그러려면 흥분해서는 안 된다.

나는 마른침을 꿀꺽 삼키고 조용히 통화 버튼을 눌렀다.

그 자식이 나타난 건 그 뒤로 십 분쯤 후. 옷이라곤 그거밖에 없나, 또 그 옷에 슬리퍼. 나는 버럭 소리라도 지르고 싶었지만 참았다. 아직 응징을 가해야 할 때가 아니다. 아직은.

"가자."

"어딜?"

"우리 집."

"지입?"

"하. 넌 진짜 이상한 쪽으로만 상상력이 발달했구나. 밥 먹다 나왔어. 먹던 밥은 마저 먹어줘야지. 안 그래?"

남자애 집엔 초등학교 때 생일 파티에 가본 게 전부다. 게다가 저 자식은 학교도 안 다니는 열여덟 살 나이트클럽 웨이터. 나는 갑자기 생각지도 못한 복병을 만난 것처럼 당황했다. 하지만 그 자식은 벌써 저만치 앞서 가고 있었다. 뻔뻔하게, '따라오기 싫으면 말고.'라는 식이다. 나는 그 자식 뒤통수를 노려보다가 별수 없이 뒤따라갔다. 놓칠세라 헐레벌떡.

그 자식은 구불구불 시장 골목을 앞서 갔다. 여기저기서 음식 냄새가 벌처럼 날아와 나를 쏘아댔다. 나는 결연한 의지로 참아냈다. 차지만 내 배 속은 달랐다. 꼬르륵꼬르륵 아우성이다. 아, 이러지 마……. 그 자식이 힐긋 돌아봤다. 배고프냐? 뭐 그런 뜻이겠지.

"아니야, 배 안 고파!"

바보처럼 그래버렸다. 아차 했을 땐 이미 늦었다.

"그래? 다행이네."

그 자식이 피식 웃었다. 이유리, 정신 차려! 나는 곧바로 다시 의지를 회복했다. 어서 갈 길이나 가시지, 라는 투로 시장 골목 끝을 쳐다봤다. 그렇게 십여 분쯤 가더니 그 자식이 '여기'라는 듯 턱짓을 했다. 빨간색 벽돌 주택이다. 2층? 3층? 계단이 하도 많아서 헷갈린다. 활짝 열려 있는 대문 너머로 층층이 화분이 놓인 계단 위에 제법 큰 현관문이 보였다. 저긴가? 하는데, 그 자식은 거기로 들어가지 않고 계단 옆 좁은 통로를 돌아 담을 끼고 뒤쪽으로 간다. 넓적한 황갈색 테이프로 깨진 자리를 막아놓은 작은 유리문을 밀고 들어간다. 아, 여기? 그럼 혹시 혼자서? 머릿속이 복잡한데 그 자식이 문 앞에 서 있는 나를 돌아보며, 들어오라는 듯 또 턱짓을 했다.

나는 마음속으로 '행동력!'을 외치며 그 문 안으로 들어갔다.

　바로 부엌이다. 그리고 저쪽에 문이 열려 있는 방 하나. 부엌이라고 하지만 시멘트 바닥에 금방이라도 주저앉을 것 같은 싱크대랑 작은 냉장고가 있고, 한쪽 구석엔 수도도 있다. 그런데 화장실은?? 하고 방 쪽을 힐끔 쳐다보는데, "화장실 찾냐? 밖에 있는데." 그 자식이 능글능글하게 그런다. 내가 두리번거리는 걸 구경하고 있었던 거다. "난 시급히 처리할 일이 있어서." 그 자식은 방으로 쏙 들어가더니 조그만 상에 들러붙어 후루룩 쩝쩝 소리를 내며 '시급한 처리'를 한다.

　솔직히 약간(보다 조금 더 많이) 겁이 났다. 그러니까 난 나쁜 자식이 자취하는 집에 제 발로 걸어 들어온 셈이잖아. 조금 전까지만 해도 불타던 결연한 '전의'가 초라하게 사그라지려고 한다. 어쩌지…… 어쩌지……. 머리가 안 돌아간다.

　어느새 구준호는 상을 들고 나와, 나를 밀치듯 옆으로 몰더니 상 위의 것들을 싱크대에 우르르 쏟는다.

　"또냐?"

　한다. 씩 웃는다.

　"뭐가, 또야?"

　"됐다아, 그렇게 겁나면 나가고……. 하긴 쫄 만도 하지. 밖에 나가서 몇 분만 기다려. 나도 어차피 나가야 하니까."

구준호가 그러지 않았다면 결코 안 들어갔을 거다. 결코!

'아, 뭐야. 왜 이래?'

나는 철퍼덕 주저앉았다. 그 자식 방은 그 자식하고 전혀 안 어울렸다. 창문이 있는 벽 모서리를 따라 곰팡이 핀 자국이 보이고, 장판엔 유리문처럼 여기저기 노란색 테이프를 붙여놓았지만, 놀랄 만큼 깔끔하게 정리돼 있다. 요란한 코스프레용 의상이 걸린 옷걸이도, 옷걸이 뒤에 세워둔 1인용 집어식 침대도, 차곡차곡 쌓아놓은 손잡이 달린 상자도, 작은 옷장 옆에 칸칸이 만화책으로 채워진 좁고 길쭉한 책장도, 한쪽 벽에 길게 붙여놓은 앉은뱅이 컴퓨터 책상 위도. 먼지 한 톨 없다.

하지만 내가 정말 놀란 건 그게 아니다.(정리 정돈이야 맘만 먹으면 누구나 할 수 있잖아! 아닌가?) 제일 먼저 눈에 띈 건 컴퓨터 책상 위로 지나가는 줄이다. 그 줄에 나무집게로 매달아 놓은 종이들. 몇 개만 빼고 전부 만화 캐릭터 그림이다. 게다가 컴퓨터 옆에 낯익은 『다이내믹 인체 드로잉』이란 책이 있다. 작년에 파랑 할 때 지오가 원근법 투영법 시간에 가져온 건데. 그리고 나야말로 '또 야?' 싶었던 건 책장에 꽂혀 있는 후루야 미노루 만화책들이다. 출판된 거 전부 있다. 후루야 미노루는 우리 엄마가 거품 물고 좋아하는 작가인데. 서태지에 이어 두 번째 충격이다.

그래서 난 불안해졌다. 그 자식 방이 그 자식하고 너무 달라서, 어쩌면 구준호가 나쁜 자식이 아닐지도 모른다는 생각이 들어서.

아, 불길해! 이상해! 구준호 방은 이러면 안 되는데.

'이건…… 훌륭하잖아.'의 느낌. 그래서 기분이 나빠지는. 그렇잖아, 나는 구준호가 '우리 집' 했을 때만 해도 '네버엔딩 나이트 서태지'에 어울릴 만한 지극히 지저분한 방과 그 안에 넘칠 불쾌한 물건들, 이를테면 야한 동영상 CD, 반라의 여배우 포스터, 꼬질꼬질한 옷가지 등등을 상상했으니까. 나는 나를 설득하고 싶었고 나의 전의를 회복하고 싶었다.

아, 아냐. 나쁜 자식 중에도 깔끔하고 만화 그리고 후루야 미노루 좋아하고 뭐, 그런 애 있을 수 있잖아. 바보처럼 너 왜 그래? 제발 정신 좀 차려. 그리고 너 후루야 미노루 싫어하잖아. 엄마한테 변태들 나오는 만화 좀 그만 보라고 했잖아. 그러니까 속지 마. 저 자식 변탠지도 몰라. 저 자식이 들어오면—구준호는 아직도 부엌에서 뭘 하고 있었다. 딸그락딸그락—바로 본론으로 들어가. 알았지.

나는 어깨를 펴고 바른 자세로 고쳐 앉았다. 이를테면 꼿꼿하고 도도하게 보이도록.

"야, 너 뭐 해? 빨랑 들어와!"

꽥 소리를 질렀다.

"살살 해라."

그 자식이 컵라면을 쓱 내밀었다. 나는 슬쩍 보고 바로 외면했다. 사실 배고프다. 하지만 그 자식이 준 컵라면 따위에 넘어갈 수야 없다.

"주인집 아줌마 내려온다."

듣던 중 반가운 소리다. 오, 그래? 잘됐네. 어디, 변태 짓만 해봐, 불이야! 하고 꽥꽥 소리 질러줄 테니까.

"안 먹어?"

그 자식이 컵라면을 내 앞으로 민다.

"용건이나 말해."

나는 컵라면 따위 안 보이는 척했다.

"용건?"

"진실 어쩌구 떠벌렸잖아."

"아, 진실!"

이 자식은 걸핏하면 말장난이다. 배도 고픈데 더 이상 듣기 싫다.

"저딴 거 먹고 싶지 않으니까 치워! 그리고 말장난도 이제 집어 치워. 너가 왜 그러는지 말해! 정말로 지오한테 줄 게 있으면 그것 도 내놔!"

난 다다다 매섭게 쏘아붙였다. 잘했어. 잘했어.

"그래……?"

그 자식은 내 얼굴을 쳐다보더니

"마음의 준비는 됐냐?"

하고 창문 바로 밑 벽에 한쪽 다리를 비스듬이 세우고 기대앉았다.

"나도 바쁘다. 인생 썩어서. 간만에 공부하느라 피 말라. 국가고 시가 얼마 안 남아서 말이야."

저 자식이 정말! 공부? 시험? 나는 대답하지 않았다. 이제 용건이
아니면 무반응. 그럴 거다.

"너, 지금 화났냐? 콧구멍이 벌렁거린다."

침묵.

"만화는 좀 그리냐? 난 투영법 암만 봐도 모르겠더라. 줄만 오지
게 긋고. 두 손 두 발 다 들었다."

외면.

"뭐야, 너 혹시 투영법이 뭔지도 모르는 거냐? 하긴 견과류가 투
영법을 알 리가 없지. 그게 뭐냐면……."

아, 아, 아, 참으려고 했지만 나의 인내심은 금세 바닥이 나고 말
았다.

"작작 좀 해!"

나는 주먹을 불끈 쥐고 그 자식을 향해 흔들었다.

좀 흉했나?

그 자식은 그런 나를 향해 씩 웃더니, "너가 궁금한 건 오로지 지
온가 뭔가 그 싸가지랑 관련된 일이라 그거지? 하긴 혜성이가 죽었
든, 다른 애가 어떻게 됐든 너랑은 상관없겠지. 알았으니까, 지금
니 최대 관심사 말해줄 테니까 전정 좀 하지?" 하고 시비를 걸었다.
누가 그렇대! 라고 응수하려는 순간, 그 자식이 손가락으로 쉿, 하
고 협박을 보탰다.

"너, 이제부터 내 말 끊으면 화악!"

나쁜 자식. 나쁜 자식. 나쁜 자식. 나는 속으로 그 말만 반복했다.

······그게 말이야. 세상에서 젤 멍청한 계집애 하나가 있었거든. 주혜성이라고. 부모라고 있기는 한데 둘 다 개차반들이지. 너 개차 반이라고 아냐? 개가 먹는 똥 같은 인간들이디 그런 뜻이기든, 그 게. 그 개차반들에 비하면 우리 꼰대는 훌륭하지. 이제 너도 나이 먹을 만큼 먹었으니 독립해라! 그러면서 집까지 얻어주고 말이야. 크크. 그래, 여기서 우리 꼰대 얘기 더 하면 너무 자랑 같으니까, 다 시 멍청한 계집애 얘기로 고고. 언젠가 내가 그 계집앨 집에 데려다 줬거든. 그런데 골목까지 걔네 엄마 주정 부리는 소리가 들리더라 고. 이년아, 이 씨발년아! 이 도둑년아! 뭐하러 기어 들어왔냐. 나가 죽어라, 이년아! 와장창 깨지고 부서지고. 그 좁아터진 골목이 그대 로 날아가겠더라고. 하하. 그런데 그 멍청이가 그래. 우리 엄마 옛 날엔 안 그랬어. 옛날엔 밥도 잘 해주고, 예뻤어. 술 먹어서 그래. 술 안 마실 땐 욕도 안 해. 오빠가 몰라서 그러는데 우리 엄마 불쌍 해. 집 나간 아빠한테 매일 맞아서 그래. 팔 부러진 적도 있어. 그래 서 내가 그랬지. 아하, 그래서 너가 학교에 가든 안 가든 관심도 없 고, 노친네가 하루 종일 지하철 택배 해서 벌어다 준 돈으로 매일매 일 술타령이신가 부지? 어휴, 불쌍하셔라! 그러니까 그 계집애 벌

컥 화를 내. 그만해! 아무리 오빠라도 그런 식으로 말하는 거 싫어.
그리고 우리 할아버지한테 노친네라고 하지 마. 노친네 아니야! 나
때문에…… 나 때문에……. 그러면서 말도 못 하고 질질 짜대. 나
원 참.

구준호가 어이없다는 듯 잇새로 쫍, 소리를 냈다.

암튼 그리고 한참 짜더니 또 그래. 내가 학교 안 가는 거도 엄마
탓 아니야! 내 탓이야! 내가 안 간 거야. 가봤자 어차피 공부도 안
하고, 애들이 싫어하니까. 선생님들도 차라리 내가 학교 안 나왔으
면 하는 눈치고. 나라도 나 같은 애 교실에 있으면 싫을 거야. 옷에
서 냄새나고, 지지리 공부도 못하고, 숙제도 안 해 오고. 준비물도
안 가져오고, 그러니까 전부 내 탓이야. 누구 탓도 아니야! ……웃
기지 않냐? 그래서 나 쇼크 먹었다. 너 혹시 집 나간 니 아버지한테
맞아서 머리가 어떻게 된 거 아니냐고 했지. 하아, 그랬더니 뭐라는
줄 아냐? 아니래, 아빠도 공사장에서 다리 다치기 전까진 안 때렸
대. 나쁜 년이라고 욕도 안 했대. 거기까지 가니까 신선하더라. 나
그때 우리 꼰대 어서 죽기만 바랐거든. 죽어라! 죽어라! 소원이다!
제발 빨리 죽어라! 했거든. 근데 아무리 멍청한 열두 살 초딩이라도
얜 대체 뭘 믿고 대책 없이 이러나 신기하더라고. 그래서 우리 코스
패거리 모일 때도 오라고 하고, 여자애들하고 놀러 갈 때도 부르고

그랬어. 이상하더라. 그 멍청이가 끼면 싸울 일이 없는 거야. 그전엔 잘 놀다가도 끝은 싸움, 뭐 이랬거든. 그 멍청이가 하도 헤헤거려서 그러나, 그 멍청이랑 있으면 우리도 실실 웃게 돼. 너도 나도, 하물며 우리 꼰대마저도 봐줄 만해져. 신기하지 않냐? 하하. 그 멍청이 보는 사람마다 오빠, 오빠! 언니, 언니! 반죽은 또 얼마나 좋았는데. ……하긴 그 멍청이 하는 짓 중에 신기하고, 희한한 게 어디 그뿐이겠냐. 뼈끔담배질을 하길래, 뼈 썩는다! 키 안 큰다! 그래도 들은 척도 안 하더니 지 할아버지한테 걸리니까 한 방에 끊데. 할아버지가 울더라나. 에헤헤, 그러면서 다른 건 몰라도 담배 끊는 건 식은 죽 먹기래요.

구준호가 갑자기 피식 웃더니, "어때, 그 멍청이가 어떻게 생겼는지 구경 좀 할래?" 하고 말했다.

나는 숨소리도 내지 않고 구준호 말을 듣고 있다가 구준호의 느닷없는 질문에 놀라서, "어?" 하고 대답이라고 할 수 없는 대답을 했다.

구준호가 보여준 사진 속의 혜성이는 하나도 안 멍청해 보였다. 놀이동산 범퍼카에 앉아 한 손으로 브이 자를 그리며 양 볼에 보조개가 폭 파이도록 활짝 웃고 있었다.

귀엽기만 하네.

구준호가 내 손에서 혜성이 사진을 낚아채듯 채 갔다.

아, 그래서 그다음, 그러니까…… 아, 제기랄, 자꾸 그 멍청이 얘기 하니까 기분 더러워진다. 다 생략하고 너가 그토록 듣고 싶어 하시는 본편으로 건너뛰자. 자, 간단히 말해서, 그 멍청이랑 나랑 꽤 친하게 지내긴 했는데, 나한테 지온가 뭔가 걔 얘기 한 건 얼마 안 된다 그거지. 우리들 세계에선 엔간해서는 자기 얘기 안 하거든. 그 멍청이가 그러고 사는 거도 그나마 내가 닦달해서 안 거고. 해봤 자 존나 구질구질 존나 우울이니까. 크크. 혜성이도 입만 벌렸다 하면 만화 얘기였어. 너 모르지? 그 멍청이, 만화는 꽤 그렸어. 저거 도 삼 분의 이는 혜성이가 그린 거야.

구준호가 줄에 매달아 놓은 종이들을 쳐다봤다.

아마 작년 가을일걸. 만날 때마다 똥 씹은 얼굴이더라고. 볼 거 라곤 '에헤헤' 웃는 건데 똥 씹은 얼굴은 곤란하잖아. 그래서 내가 캤지. 그랬더니 언니 어쩌고 하면서 니 친구 얘기가 나오더라 그 말 이지. 해서, 그래 알겠다. 그럼 그 언니란 애가 갑자기 변한 게 언제부터냐? 차근차근 생각해봐라. 그랬더니 일 년도 더 된 고릿적 얘기를 해. 그게 어떻게 된 일이었는고 하니, 혜성이 그 멍청이가 '세상에서 제일 예쁜 언니'라는 너 친구 지오랑 어느 날 산에 놀러 갔대요. 산이라고 하면 그런가? 등산로 입구에서 얼마 안 떨어진 데니까. 암튼 더웠대, 그날이. 그래서 편의점에서 음료수랑 먹을 거랑 미리 준비한 돗자리랑 챙겨가지고 거기 갔대. 그림도 그리고 놀았대. 다른 때도 거기서 그러고 놀았는데 그땐 좀 늦게까지 있었대. 그런데 그놈들이 나타나서 시비를 걸었대. 아, 그놈들이 누구냐면 그 동네에서 침 좀 뱉는 애들이었던 거지. 혜성이가 슬쩍슬쩍 도둑질하고 다니는 거도 알고 말이야. 암튼 그놈들이 어, 이게 누구야. 도둑년이네! 뭐 그런 식으로 구린 짓을 했나 봐. 그러는 사이에 깜깜해지고. 산은 원래 그렇거든. 금방이거든. 찰나거든. 아무튼, 어쨌든. 자기는 상관없는데, 언니가 걱정이 됐대. 언니는 몸도 약하고 겁도 많아서 자기하고 다르대. 그래서 빌었대. 언니만 보내주면 뭐든 시키는 대로 하겠다고. 그래서 언니가 갔는데, 그다음부터 언니가 아주 조금 변한 거래. 웃기지? 그게 어디 아주 조금 변할 일이냐? 야, 생각해봐라. 그게 다 무슨 얘기냐? 숲에서 여자애 둘이 놀고 있다가 밤에 동네 양아치들을 만났다. 그런데 그중 한 애가 뭐든 시키는 대로 할 테니까 쟤만 보내주세요! 그랬다. 그런데 웬일인지 그놈들이 걔만 보내줬다. 그러니까 걔는 가고 그 멍청이는 그 숲에 그놈들이랑 남았다, 그거잖아.

나는 거의 뇌가 정지된 상태로 구준호 얘기를 듣고 있었다.

그래서 내가 또 캤지. 너 그날 괜찮았어? 그랬더니 고개만 까닥하는 거야. 괜찮았다는 거야? 안 괜찮았다는 거야? 뭔 일 없었어? 똑바로 말 못 해! 내가 버럭 했지. 근데 그게 끝까지 우기더라고. 아무 일도 없었어! 정말이야! 정말이야! 본인이 없었다니까 없었겠지. ……근데 그게 어디 쉽게 믿을 말이냐? 안 그래? 솔직히 난 아직도 안 믿는 쪽이다. 혜성이 말. 아무튼 그러니까 그 지오라는 애 마음이 어땠겠냐? 그때부터 혜성이 얼굴만 봐도 피했다는데. 뻔하잖아, 지오란 애가 무슨 상상을 했을지? 뭐, 그래. 너의 그 넘치는 상상력으로 보면 설명 안 해도 알아먹었겠지. 그러니까 내 결론은 이거야. 그게 일테면 악마의 장난이란 거지. 어디 심심한데 재미난 일 없을까? 이러고 돌아다니다 좋아 죽겠다고 히히덕거리는 여자애 둘이 눈에 띈 거지. 어라, 저것들 봐라! 툭! 건드린 거지. ……지금도 지오란 애 옆에 붙어서 킬킬대고 있을지 모르지. 안 그래?

별안간 구준호가 나를 쳐다봤다.

야, 입 좀 다물고 정신 좀 차리지. 눈 풀린 거 봐라. 명화다 명화. 제목은 허공을 헤매는 소녀의 혼. 어떠냐? 하하. 뭐, 아, 어쨌든 그래서 말이야. 내가 혜성이한테 그랬거든. 거 잘됐다. 지오란 애 제대로 걸렸다. 아마 두고두고 켕길 거다. 혼자 살겠다고 도망갔으니 싸다. 그랬더니 그게 또 길길이 뛰면서 화를 내더라고. 오빠가 뭔데 지오 언니 욕해! 내가 가라고 해서 간 거야! 내가 가라고 했어! 어쩌고 그러면서 눈물까지 글썽글썽. 하여튼 여자애들 속은 알 수가 없다니까. 뭐, 내가 지오란 애 때문에 혜성이랑 싸울 이유도 없고 해서 그 멍청이 알아먹게 설명해줬다. 이러고 저래서 걔는 너를 피했을 거다. 아마도 죽을 때까지 널 버리고 갔다는 죄의식에서 벗어나기 힘들 거다. 그날 일, 아니지, 너 생각만 나도 숨이 막힐 거다. 그랬더니 입 떡 벌어지게 충격을 받더라고! 내가 귀찮아서 더 캐지는 않았는데, 아마 그 멍청이 그것도 다 자기 탓이라고 생각했을걸. 그래서 내가 그랬다. 가서 만나라. 거짓말이든 사실이든 그날 아무 일도 없었다고 해라. 그러면 개도 숨 좀 쉴 수 있을 거다, 그랬지. 근데 이 멍청이가 못 가는 거야. 노트에 뭐라고 끄적대기만 하고, 아크릴로 뭘 그리기 시작했는데 완성되면 간다나 어쩐다나 차일피일 미루더라고. 나야 뭐, 솔직히 내 일도 아니고, 등 떠밀 이유는 없잖아. 그래서 잊어버렸어. 나도 허벌나게 바빴거든. 주경야독이라고 아냐? 내가 그거였거든. 낮에 공부해주시고 밤에 일해주시고. 근데 이게 어느 날 갑자기 나더러 그림이랑 노트를 갖다 주라는 거야. 미쳤냐! 단칼에 잘랐지. 그럼 여기 놔두기만 해달래. 맘같아선 것도 단칼에 자르고 싶었는데 뭐 그냥 받아뒀어. 내가 쫌 그래. 혜성이한테 약해. ……그런데 아, 씨발, 그리고 얼마 안 돼서 그렇게 된 거거든. 아, 씨발.

구준호가 벌떡 일어났다.

이제 됐냐?

컵라면을 들고 부엌으로 나가 버렸다.

웬만하면 정신은 챙겨서 가라, 분리수거 곤란이다.

뒤도 안 돌아보고 그랬다.

간신히, 겨우 — 엄마랑

그러니까 나는 구준호한테 캔버스 10호짜리 그림 한 점과 노트를 받아 밖으로 나왔다. 구준호는 그걸 주면서, "설마, 뜯어보지는 않겠지? 참아라, 견과류."라고 했다. 끝까지 저질 유머를 했지만 나는 고개를 끄덕였다. "응. 그럴게." 얌전하게 대답도 했다. 바다색 머메이드지에 빨간 종이끈으로 포장된 노트를 가방에 넣고, 캔버스를 가슴에 안았다. 내 손이 떨리는 게 보였다. 느껴지지 않고 보였다.

"역까지 데려다 줄까?"

"아니."

"그래, 그럼."

등 뒤에서 문이 닫혔다. 그냥 문이 닫힌 것뿐인데 내가 세상 끝 어디 머나먼 곳에서 툭 하고 뱉어져 나온 것 같았다. 자, 이제부터 너 혼자야. 잘해봐. 내 귀에 대고 속삭이는 목소리. 나는 보이지 않는 누군가의 손길에 떠밀리듯 뚜벅뚜벅 걸었다. 구준호가 날 데려온 그 길을 혼자 뚜벅뚜벅뚜벅뚜벅 빠르게 걸었다. 가슴에 혜성이가 그린 그림을 안고 걸었다. 환한 햇볕 속에 거리가 보이고, 사람들이 보이고, 지나가는 자동차가 보이고, 자전거가 보이고, 유모차가 보이고, 그것들이 내 앞으로 다가왔다 어디론가 사라졌다. 나는 어느새 시장을 지나 지하철역 개찰구를 지나 지하철을 타고 있었다. 집으로 가고 있었다. 그러니까 내 다리가 나를 끌고 가고 있었다. 문득문득 어딘가에 비친 내가 보였다. 지하철 차창이라든가, 개찰구 옆 거울이라든가, 길거리 상점 유리라든가. 유령처럼 말이다. 그리고 갑자기 내 눈앞에 우리 동네가 나타났다. 두리번두리번 힐긋힐긋. 반가웠나 보다. 그나마 아는 곳에 내가 서 있다는 게. 우리 동네네…… 다 왔네…… 그랬나? 어쨌든 그러다 골목 어귀에서 어묵을 뒤적이던 포장마차 주인아줌마랑 눈이 마주쳤다. 엄마랑 몇 번 같이 어묵을 먹으러 들렀던 엄마 단골 포장마차다. 아줌마가 벙긋벙긋 뭐라고 하며 웃었다. 나도 따라 웃었다. 그러니까 아줌마가 또 웃었다. 나는 나도 모르게 포장마차 지붕 아래로 들어갔다. 그때까지도 내 다리가 나의 주인이었던 거다.

"오늘은 혼자네? 어묵? 세 개?"

아줌마가 비닐을 씌운 플라스틱 접시에 어묵을 담아 내 앞에 놔 줬다. 내가 대답을 했던가? 기억 안 난다. 내가 품에 안고 있던 혜성이 그림을 내려다본 건 기억나지만.

"뭐 중요한 건가 보네. 이리 줘. 여기 놔줄게."

아줌마가 손을 내밀어서 나는 고개를 흔들고 어묵 꼬치를 쳐다봤다. 거기 어묵이 있었다. 꼬치에 끼워진 쭈글이 어묵. 나는 한 손으로 꼬치 하나를 집어 거꾸로 들고 입에 넣었다. 우물거렸다. ……나는 어묵을 먹었다. 열심히, 꼭꼭 씹어서 먹으려고 했다. 그런데 눈 앞이 점점 뿌옇게 흐려졌다. 내 눈에서 눈물이 뚝뚝 떨어졌다.

"왜 그래, 학생?"

몰라요, 나도. 이건 제멋대로 내 눈에서 떨어지는 거예요. 나는 흐으, 하고 입을 벌렸던 거 같다.

"저런."

그래도 나는 계속 먹었다. 눈물도 계속 뚝뚝 떨어졌다.

"이를 어째?"

아직도 남았다. 나는 필사적으로 꾸역꾸역 남은 어묵을 먹었다.

"아이고!"

"그러다 얹혀요."

"쯧쯧."

그제야 다 먹었다. 나는 꾸벅 인사를 하고 나왔다. 뒤에서 아줌마기 뭐라고 하는 것 같았지만 나는 또 뚜벅뚜벅 걸었다.

집에는 아무도 없었다. 현관에 버티고 서서 빈집을 휘돌아보는데 갑자기 몸이 부들부들 떨리기 시작했다. 왜 이러지? 나는 떨고있는 내가 이상했다. 방으로 들어가 이불을 뒤집어쓰고 누웠다. 교복도 벗지 않았다. 교복을 벗어야 한다는 생각도 나지 않았다. 집이 너무 조용해서 내 이빨이 딱딱 부딪치는 소리가 내 귀에 크게 들렸다. 이상하네? 왜 이러지? 왜 이러지? 내가 왜 이러지? 중얼중얼혼잣말을 하다 나도 모르는 사이에 잠이 들었다.

눈을 떴을 때는 깜깜했다.

나는 이불 속에서 눈을 껌벅이며 생각을 하려고 했다. 멈춰버린뇌를 쓰려고 했다. 그러니까 여기가 어디고, 오늘이 며칠이고, 지금이 몇 시고, 나는 왜 이러고 있는지에 대해서 말이다.

나는 그때까지도 집에 없는 엄마, 아니지, '엄마' 자체를 잊고 있었다. 나중에 엄마한테 들은 바에 따르면, 엄마는 그때까지 세 통이

나 나한테 문자를 보냈다고 하는데 내 휴대폰은 가방 속에 있었고, 나는 몰랐다. 어쨌든 그때 집 전화가 요란하게 울렸다. 내 머리를 마구 두드렸다. 움직여! 움직여! 나는 느릿느릿 침대에서 기어나와 불을 켜고 집 전화가 있는 마루로 갔다.

「어, 있네?」

엄마였다.

「문자 답장 없고, 폰도 안 받길래.」

「응.」

「엄마 10시까지야.」

「응.」

나는 응응, 거리는 내 목소리를 듣고 있었다.

「토요일이라 알바 10시까지라고. 아빠도 없으니까 저녁 혼자 먹어.」

「응.」

하면서도 아빠가 왜 없지? 엄마 말을 이해하지 못했다. 아빠가 출장을 갔다는 건 한참 더 있다가 엄마가 와서야 알았다.

「이상하네. 일단 알았어. 끊어.」

「응.」

나는 점점 더 '어둠' 속으로 들어갔다. 전화를 끊고 어둑한 거실 마루에 웅크리고 앉았다. 내 방에서 흘러나온 불빛이 나를 지나갔다. 내 앞에 웅덩이 같은 그림자가 생기고, 파르스름한 거실 벽에 손때 묻은 소파의 긴 그림자가 어룽거리고, 베란다 문이 열려 있었나, 짙은 저녁 냄새와 소음이 꾸역구역 밀려 들어왔다. 혜성이가, 지오가, 그 밤이, 그 숲이 그 어둠 속에서 살아났다. 어떡해, 어떡해, 나는 입을 막고 고개를 마구 흔들다 머리를 쥐어뜯었다. 안 돼! 그러지 마! 그러지 마! 하아, 혜성이의 웃는 얼굴 위로 시커먼 그림자들이 겹쳤다. 아아아, 세발…….

뚝뚝 눈물이 떨어졌다.

브이 자를 그리며 웃고 있던 혜성이 얼굴이 떠올랐다. 그 위로 지오의 창백한 얼굴이 겹쳐졌다. 혜성이는, 지오는 그 밤을 몇 번이나 생각했을까……. 혜성이는 얼마나 무서웠을까……. 지오는 지금 무슨 생각을 하고 있을까……. 난 정말 바보다. 바보. 아무것도 모르는 바보. 이번엔 내 눈물에 이유를 댈 수 있다. 내 사랑은 어리석었고 지오는 혼자 아팠다. 내가 웃고 있을 때 지오는 울고 있었다. 지오야, 미안해. 울지 마. 이제 그만 울어…….

그때 퍼뜩 그게 생각났다. 그림! 노트!

'아, 어떡해. 내가 지금 뭐 하고 있는 거야. 이런 바보! 머저리!'

나는 벌떡 일어나 내 방으로 갔다. 책상 위에 그림이 보였다. 가방에서 노트를 꺼내 옷걸이에 걸어둔 크로스백에 넣고 교통카드를 챙겼다. 그림을 들고 집을 뛰쳐나갔다. 그러니까 운동화에 발을 끼워 질질 끌고 엘리베이터 앞에 가서 내림 표시 버튼을 열 번도 더 눌렀다. 아, 왜 이렇게 늦어!

엘리베이터 안에서 어떤 할머니가 '쟤가 왜 저 모양이지?' 하는 표정으로 쳐다봤지만 그때는 그 표정을 이해하지 못했다. 분명 엘리베이터 안에 거울이 있고, 그 거울 속에 땀 냄새 폴폴 나고 잔뜩 구겨진 교복에 토끼 눈알처럼 새빨간 눈, 부스스한 까치집 머리를 한 내가 보였는데도 말이다. 나는 그 꼴을 하고 정신없이 버스 정류장까지 뛰어가서 발을 동동 구르며 버스를 기다렸다. 버스 속에서도 "아, 아, 빨리! 빨리!" 신음 소리를 냈다. 그 꼴이었으니 버스 안에 있던 사람들도 내가 범상치 않아 보였을 거다. 어쩌면 그때 버스 기사 아저씨가 "어이, 어이, 학생. 손잡이 잡아." "아, 거참. 어이, 학생!" 하고 다급하게 몇 번이나 불러대던 그 학생이 나인지도 모른다. 그래서 내 옆에 서 있던 아줌마가 나를 톡톡 치면서 "손잡이 잡아야지." 했을지도. 그러니까 나는 그런 상태로 지오네 집 앞에 도착한 거다. 그리고 멀쩡한 초인종을 두고도 쾅! 쾅! 문을 두드린 거다. "지오야! 지오야!" 떠나가라 지오 이름을 불러댄 거다. 목 놓아 부른 거다. 지오네 앞집 사는 꼬마애가 빠끔 현관문을 열고 나를 구경할 정도로.

"누나, 왜 그래?"

"으응. 없어. 지오가 없어."

"친구야?"

"으응. 으형."

"아이 참, 친구네 집에 올 때는 전화를 하고 와야지."

"전화?"

"응, 전화 없어?"

"전화?"

"내 거 빌려줄까?"

"아니, 아니. 있을 거야."

나는 콧물을 닦고 크로스백을 뒤져 폰을 꺼냈다. "아, 있다!" 꼬마를 향해 흔들어 보였다. 꼬마가 방긋 웃더니 문을 닫고 쏙 들어갔다. 먼저 지오네 집. 안 받았다. 다음엔 지오, 안 받았다. 다시 지오. 안 받았다. 안 받았다. 지오 어머니 폰 번호는 모르는데……. 나는 그 자리에서 수십 통의 전화를 했다. 지오네 집으로, 지오 폰으로. 아, 바보! 그러니까 내 머릿속엔 백지 한 장만 달랑 들어 있었을 뿐이다. 지오가 엄마랑 외출했을 수도 있다는, 지극히 평범하고 상식적인 두뇌 활동이 불가능했다. 지오가 없다는 것. 그게 무섭고 겁났다. 더 많이 아파서 병원에 갔을지도 모른다는 1차원적 추리(?)

조차 내겐 불가능했다. 그래서 난 엉엉 울면서 1층 경비실로 달려 갔다.

경비실 유리문을 마구 두드렸다.

"아저씨. 지오가 없어요."

경비실 안에서 신문을 읽고 있던 아저씨가 안경을 벗으며, "뭐라 고?" 문을 열었다. "지오가 없어요. 없어요." 나는 외쳤다. "506호 살던 학생이구만." 경비 아저씨가 나를 알아봤다. 나는 고개를 끄 덕이면서도 "네, 네, 네, 지오요. 지오 못 보셨어요?"

"누구?"

"지오요!"

"허 거참, 그리 말하면 내가 아나?"

"1006호 지오요."

"1006호? 아아, 왜, 그 집에 무슨 일 있어?"

"네, 네, 없어요. 지오가 아픈데 없어요. 있어야 하는데요, 없어 요. 많이 아픈데, 그래서 이거 꼭 줘야 하는데 없어요. 어떡해요. 으 앙."

아저씨가 나를 아래위로 훑어봤다. 일은 그 집이 아니라 학생한 테 있는 거 같구먼, 하는 표정이었을 거다. 하지만 나는 나의 머릿 속 백지 위에 아로새겨진 '지오가 없다!'는 사실 외에는 아무것도 자각할 수가 없었다. 그래서 지오가 왜 없는지 대답을 안 해주는 경 비 아저씨를 향해, "지오가 없다고요! 왜 없는 거예요!" 하고 울부

짖었다. 끄응. 경비 아저씬 얼마나 황당했을까? 그렇게 경비실에서 경거망동을 하던 나는 경비 아저씨의 적절한 조언, "일단 학생 어머니한테 전화를 좀 해보지그래?"에 따라 엄마한테 전화를 했다. 물론 내가 엄마한테 한 말이라곤 "엄, 엄, 마. 엉. 엉. 어떡해, 어떡해, 지오가, 지오가……. 엉. 엉."이 다였지만.

엄마는 바로 와주었다. 엄마가 올 때까지 경비 아저씨는 나를 경비실 의자에 붙들어 앉혀놓고, "학생, 진정 좀 해요." "날이 벌써 덥네요. 저녁은 먹었어요?" "이사 간 덴 살기 좋아요?" 등등을 물어보았고, 나는 엄마가 올 때까지 다리를 달달 떨면서 "아, 예, 예, 아, 어떡해." 따위의 감탄사만 내뱉고 있었다. 엄마는 나를 보자마자 아기처럼 꼭 안아주었다. 나는 택시를 타고 오면서도 엄마 무릎에 얼굴을 묻고 엉엉 울었다. 엄마는 내 까치집 머리를 손가락으로 빗어주고 어깨를 토닥여주었다. 엄마는 알았던 거다. 그때 내 머릿속에 달랑 백지 한 장만 들어 있다는 걸. 그래서 그냥 날 가만뒀던 거다. 이제 와 생각하면 우리 엄마 훌륭하다. 나의 추태를 그쯤에서 막아줬으니.

"경비 아저씨 말씀으론 지오, 엄마랑 외출한 거 같대."

엄마가 그렇게 말한 건 내가 그나마 진정이 된 다음이었다. 교복도 벗고 샤워도 하고 따뜻한 우유도 마시고, 거울 속에 퉁퉁 분 여자애가 나란 걸 내가 알아본 다음에 말이다. 그러니까 간신히 겨우 정신이 돌아온 거다. 그래서 소파에 두 손을 늘어뜨리고 앉아 내 젖은 머리를 수건으로 말려주는 엄마한테 몸을 맡긴 채 나의 추태를 하나하나 상기하게 된 거다. '어묵'부터 '택시'까지.

"고생했네."

"놀리지 마."

"진심이야."

"안 그래도 창피해 죽을 지경이야. 내일 포장마차 아줌마한테 가 봐."

"왜?"

"아무래도 어묵 먹고 돈 안 낸 거 같아……."

"알았어."

"근데, 왜 아무것도 안 물어봐?"

"무슨 일인지 물어봐 줘?"

"……모르겠어."

"……."

"엄마?"

"응?"

"……."

"꽤 심각한 얼굴이네……. 그만 울어."

그때 내 눈에서 고장 난 수도꼭지처럼 뚝 하고 눈물 한 방울이 떨어졌다.

"오늘, 엄마랑 잘까?"

나는 싫다고도 좋다고도 하지 않았다. 내가 그러고 싶은지 아닌지 나도 알 수 없었다. 하지만 나는 조금 있다가 침대에서 일어나 베개를 끌어안고 안방으로 갔다. 아마도 자려고 누운 나를 깨운 지오의 전화. 오랜만에 들은 지오 목소리 탓이었을 것이다.

폰 액정 화면에 뜬 '토마토'라는 글자를 보자 내 맘이 토마토처럼 붉어졌다.

「이제 다 나았어. 엄마랑 백화점 갔었어.」

지오 목소리는 어떻게 들으면 명랑하기까지 했다.

「지오야, 미안해.」

「응?」

「다. 전부 다. 미안해.」

「이상해. 그러지 마. 근데 왜 전화했어?」

「어, 어, 그게, 내일 볼 수 있어?」

전화로 혜성이 얘길 할 순 없었다.

「좋아.」

지오가 선선히 그러자고 했다.

나는 침을 꿀꺽 삼키고 말했다.

「어디? 맥도날드?」

「아니.」

「그럼 너희 집?」

「음……. 오후에 내가 너네 집으로 갈게.」

「찾아올 수 있겠어?」

「응. 주소 적어뒀어.」

「그래. 알았어. 기다릴게.」

「유리야.」

「응!」

「미안해. 저번에 내가…….」

「아니야. 그런 말 하지 마.」

「아니야. 정말 미안해……. 고마웠어. 안 잊을게.」

 또 눈물이 나오려고 했다.

「잘 자.」

「응, 너도 잘 자.」

 전화를 끊고 나자 뚝뚝 다시 눈물이 흘렀고 안방으로 건너간 후
에도 쉽게 그치지 않았다.

 엄마가 불을 끄고 이불 속에서 내 손을 잡았다.
 "다 울었니?"

"거의."

"……."

"엄마?"

"응."

"난 내가 꽤나 괜찮은 애라고 생각했거든. 근데 아니었어. '난 지오에 대해서 다 알아. 쟬 정말 좋아해.' 그러고 헤헤거리고 다녔는데, 알고 보니 지오에 대해서 아무것두 몰랐어. 지오 혼자 엄청 힘들었을 텐데. 누구한테 말도 못 하고 혼자 자책했을 텐데. 난 그런 지오 옆에서 헤헤거리고 나중에는 변심했네 어쩌네 하면서 속으로 원망까지 했어……. 한심해. 창피해."

"아마, 지오는 그렇게 생각 안 할 거야."

"말도 안 돼. 내가 지오라면 나 같은 애 꼴도 보기 싫었을 거 같아."

"안 그래."

"엄마가 그걸 어떻게 알아?"

"기본이지."

"항상 저래. 나 심각하다구."

"알아, 엄마도. 그래서 하는 말이고. 지오한테 무슨 일이 있었는지 묻지는 않을게. 그런데, 그래도 알 수 있어. 상처를 가진 사람일수록 누군가 곁에서 웃어주길 바라는 법이니까."

"그렇지만 난 아무것도 모르고……."

내가 또 울먹이니까,

"이유리."

엄마가 착 가라앉은 목소리로 내 이름을 불렀다.

"이제 그만 울어. 울면 아무 생각도 할 수 없잖아."

나는 코를 훌쩍이고 한 손으로 눈가를 훔쳤다.

"그래, 그리고 이제부터 엄마가 하는 말 잘 들어봐. 지오는 니가 몰라서 다행이라고 생각했을지도 몰라. 그러면서도 문득문득 너한테 말하고 싶었을지도 모르고. 아마 네가 미웠던 적은 없었을 거야."

정말 그랬을까?

"엄마가 아는 한 상처란 것들은 그래. 고약하고, 치명적일수록 뜨거워. 가슴 깊숙이 불덩이를 품고 있는 거랑 비슷하지. 곁에 있는 사람이 그걸 알아주길 바랐다가도 그걸 알까 봐, 무섭고, 두렵고 그래."

상처…… 불덩이…….

"지오한테 힘이 돼주고 싶니?"

나는 고개를 끄덕였다. 그러자 엄마가 내 손을 꼭 쥐었다.

"기특하네. 그럼 지금처럼 곁에 있어줘. 도망가지 말고!"

"치, 내가 왜 도망가?"

내가 엄마 손을 뿌리치는 시늉을 했다.

"삐치기는……. 생각해봐. 상처가 깊을수록 아무는 데 시간이 오래 걸리니까, 그 사람 곁에 있다 보면 힘들고 지치게 되지 않겠어? 너도 지금 그렇잖아. 그러다 보면, '내가 해줄 수 있는 게 아무 것도 없구나.' 그런 생각도 들 테고. 안 그래?"

"지금 겁주는 거야?"

"왜, 겁나?"

"그런 거 아니야."

"그럼 됐네."

"……."

"그럼 된 거야. 엄마는 이유리 믿어."

나를…….

"엄마가 아는 이유리라면 가능해. 단순하고 유치하지만, 결정적으로 이석준을 닮아서 순정이 있잖아. 그게 중요해."

"뭐야, 지금……."

"흥분할 거 없어. 아빠를 닮았다는 건 엄마가 아는 최고의 칭찬이니까."

엄마가 다시 내 손을 꼭 쥐었고 나는 뿌리치지 않았다. 정말…… 그럴 수 있을까? 내가 지오에게 힘이 돼줄 수 있을까? 나는 엄마에게 손을 맡긴 채 눈에 익은 어둠을 응시했다. 어쩌면, 어쩌면 그럴 수 있을지도 몰라. 다른 건 몰라도 곁에 있어줄 수 있잖아. 지금처럼.

·
·
·

그때 전화벨이 울렸다. 집 전화였다.

"안 받아?"

엄마가 대답 대신 수화기를 들었다 놨다.

"왜 그래?"

"누가 했는지 알아."

"누군데?"

"이석준."

"아빠? 근데 왜 안 받아?"

"이제, 그만 자. 그 얘긴 나중에 해줄게."

"대단한 비밀이라도 있어?"

"비밀은 무슨."

엄마가 내 손을 놓고 부스럭거리며 일어나 침대 머리판에 기댔다.

"……"

"왜, 듣고 싶어?"

나는 대답 대신 이불을 머리끝까지 뒤집어썼다.

"그래, 뭐. 별거 아닌데……. 기억나지? 아빠가 요즘 엄마더러 틈만 나면 같이 가자고 했던 거. 어제는 나더러 혼자 가게 해서 미안하다고 하고. 그게 무슨 소리였냐면 외할아버지 제사에 같이 가자는 얘기였어. 내일이 외할아버지 제사고. 아마 이석준 그 얘기 하려고 전화했을 거야. 이석준은 다 좋은데 걱정이 많잖아. 노인네들처럼."

"외할아버지? 어떤……?"

나는 이불 밖으로 얼굴을 내밀고 엄마를 올려다보았다. 엄마랑 눈이 마주쳤다. 그러자 엄마가 흐으 하고 웃어 보였다.

"어떤?……아, 두 번째 외할아버지."

나는 어렴풋이 알고 있었다. 엄마가 어렸을 때 외할아버지가 돌아가셨고, 외할머니가 재혼을 하셨다는 걸. 하지만 나는 두 분 다 뵌 적이 없다. 외할머니랑 재혼하신 두 번째 외할아버지두 엄마가 결혼하기 전에 병으로 돌아가셨기 때문이다. 특별히 엄마가 두 분 외할아버지에 대해 얘기해준 적도 없었다. 물론 서울 근교 납골당에 모셔둔 첫 번째 외할아버지의 기일엔 엄마 아빠랑 들르곤 했지만 두 번째 외할아버지는 어디 계신지도 모른다. 그러니까 묘라든가 유골이라든가 그런 거.

"왜, 이상해? 갑자기 제사에 간다고 하니까?"

"조금."

"그렇구나. 하긴 나도 어색해. ……아빠가 작년에 외할머니한테서 외할아버지 아들 연락처를 알았나 봐. 아빠는 엄마더러 같이 가자고 하는데 못 가겠더라고. 그래서 작년에 아빠 혼자 다녀왔거든."

"왜?"

"왜라. 뭐, 외할아버지 아들이라고는 하지만 같이 살지도 않았고, 특별히 만난 적도 없고 그러니까……. 아니, 아니다. 솔직히 말하면 외할아버지에 대한 기억은 엄마한테 아까 말했던 상처, 불덩이 같은 거였어. 아주 오랫동안."

"……."

"이유리."

"응?"

"오늘은 이쯤 해두자. 너도 오늘 힘들었을 테고, 엄마도 내일 일찍 일어나야 하니까. 다음에 천천히, 차근차근 얘기해줄게. 알았지?"

"……."

"……."

망설이다가 조심스럽게 엄마한테 물어봤다.

"지금은 어떤데?"

"응, 뭐가? ……아, 지금도 불덩이냐고? 글쎄, 지금은, 지금은 화석이 됐지. 이석준 덕분에."

"아빠?"

"그래, 아빠. 그러니까 너도 도망가지 말고 지오 곁에 있어줘. 웃어줘. 그게 사랑이야."

엄마가 사랑이라고 말했다. 사랑…….

다시, 그 밤을 향해

다음 날 아침, 나는 집에 혼자 남았다. 엄마가 냉장고에 붙여놓은 포스트잇을 몇 번이고 읽어보았다. '엄마, 다녀올게.' 아무것도 달라진 건 없어 보였다. 적어도 눈에 보이는 것은 그랬다. 하지만 내 열여섯 생애 가장 길고 낯설었던 하루, '어제'가 지나갔다. 퉁퉁 부은 눈과 나의 어리석음과 '사랑'에 대한 두려움을 남기고.

나는 오래오래 입안에 넣고 사탕을 빨듯 어제를 생각하고, 이유리를 생각했다. 이유리가 안다고 생각했던 사람들. 모르고 있던 사실들. 이유리가 아는 세계 저 너머에서 날아온 구준호, 혜성이, 지오…… 처음 엘리베이터 안에서 만난 지오의 무표정한 얼굴. 웅크리고 그림만 그리던 지오의 등. 그 애를 향해 소리치며 무섭게 노려보던 눈빛. 파랑을 할 때만 살아 있는 것 같았던 지오의 웃음. 지오의 어둡고 슬픈 그림들. 지오가 읽던 만화들. '혼자'가 돼 저만치 걸어가던 지오의 뒷모습. 그리고 불쑥 내게 날아온 나는 나쁜 아이야, 라는 새벽의 문자. 어쩌면 그때 지오는 혜성이의 죽음을 알게 되었을지도 모른다. 그리고 걷잡을 수 없는 어둠에 빠져버린 건지도.

나는 서둘러 자전거를 타고 근처 지하철역 상가로 나갔다. 지오가 오기 전에 뭐든 하고 싶었다.(우리 집이 이사한 뒤로 지오가 오는 건 처음이었다.) 그런데 떠오른 생각이라곤 고작 언젠가 지오네 집에 파랑 아이들이 놀러 갔을 때처럼 조그만 티테이블을 꾸며야겠다는 게 다였다. 향초 몇 개와 과자, 아이스크림, 음료수를 샀다. 6월 초인데도 날씨가 더웠다. 집에 돌아와서 세수를 하고 반팔 티셔츠랑 반바지를 꺼내 입은 다음 내 방 청소를 했다. 엄마가 있었다면 "웬일로!" 했겠지. 엄마는 지금 어디쯤 갔을까? 마음이 어떨까? 생전 처음 엄마 걱정이란 걸 하는 것 같네. 여하튼 싱크대 찬장을 뒤져서 찾아낸 그나마 괜찮아 보이는 그릇과 향초로 티테이블을 꾸몄다. 테이블보로 쓸 만한 게 있나 싱크대 서랍을 뒤져봤지만, '그런 게 집에 있을 리가 없지.' 하고 말았다. 마지막으로 혜성이 그림이랑 노트를 침대 가장자리에 세워놓았다.

그림을 그리고 노트에 무언가를 쓰고, 공들여 포장지를 골랐을 혜성이가 생각났다. 양 볼에 보조개가 폭 파이도록 웃던 혜성이. 구준호는 혜성이랑 같이 있으면 싸울 일이 없었다고 했다. 언제나 내 탓이라고 했다고. 만화를 잘 그렸다고 했다. 지오 어머니는 혜성이가 외톨이였던 지오를 언니처럼 따랐다고 했다. 지오를 웃게 만들었다고 했다.

하지만 혜성이 가슴 깊은 곳엔 그게 있었겠지. 엄마가 말했던…… 불덩이. 내 눈에서 또르르 눈물 한 방울이 떨어졌다. 그런 부모, 그런 학교, 그런 일들……. 나라면, 나라면 견딜 수 없었을 거야. 그런데 혜성이는…….

구준호가 아니었다면, 어쩌면 영원히 혜성이를 몰랐겠지. 혜성이가 세상에 존재했다는 것도. 어쩌다 혜성이가 내 곁을 지나가도 무심히 지나쳤을 거야. 어쩌면 '뭐, 저런 애가 다 있어.' 하고 얼굴을 찌푸렸을지도 몰라. 혜성이가 말을 걸어도 피했을지 몰라. 처음에 혜성이가 죽었다는 얘기를 들었을 때도 그랬어. 나는 지오 생각만 했어. 지금도, 지금두 그래……. 난 지오가 걱정돼. 미안해, 혜성아. 미안하다고밖에 말할 수 없어서 정말 미안해. 너는 그토록 많은 불행을 혼자 견뎠는데……. 그렇게 어이없이 세상을 떠났는데……. 내가 너한테 할 수 있는 말은 고작 '미안해.'가 전부라니.

나는 혜성이의 노트를 가슴에 안고 엉엉 소리 내 울었다.

*

5시가 됐을 때 처음으로 '지오가 늦네!'라는 생각이 들었다. 하지만 '오후'라고 했지 '몇 시까지!'라고는 안 했으니까 몇 시에 올 거니? 같은 질문은 안 하고 싶었다. 올 때까지 기다려주고 싶었다. 지오 얼굴을 보면 또 울컥해서 내 눈물주머니가 사고를 칠까 봐 걱정이 됐지만 지오가 오지 않을 수도 있다는 생각은 눈곱만큼도 하지 않았다.

그러니까 나는 너무 쉽게 지오가 올 거라고 자신하고 있었다. 나는 여전히 쉽게 생각하고 있었다. 지오의 마음을 들여다볼 수 없었다. **아니야. 정말 미안해……. 고마웠어. 안 잊을게.** 그 말을 들었으면서. 혜성이 그림 옆에 앉아 지오 어머니 전화를 받고 나서야, 그 말이 내 머릿속으로 쿵쾅거리며 지나갔다.

「유리야, 나 지오 엄마야.」

지오 번호인데 지오 어머니였다.

「예!」

「지오 너희 집에 도착했니?」

「아니요. 아직.」

5시 15분이었다.

「어, 나간 지 한참 됐는데. 어제 너무 오래 쇼핑을 한 것 같아서 늦지 말라고 전화를 했더니 휴대폰을 두고 나갔지 뭐야.」

한참? 나는 바다색 머메이드지에 싸인 캔버스를 손으로 잡았다.

「어디 들렀다 가나? 걱정이네. 아직 무리하면 안 될 텐데……. 어제도 나가지 말자니까 부득부득 나가고 싶다고 해서 못 이기는 척 나갔거든……. 어쩐지 불안해서 말이야. 지오가 어제 잘 웃고 잘 먹고 해서 이제 한시름 놓았구나, 했는데……. 그래, 아직 시간 이르니까, 어디 들렀다 갈 모양인가 보네. 대신 지오 오면 전화해주렴. 응?」

그때, 내 머릿속으로 어젯밤 지오의 목소리가 지나갔다.

아니야. 정말 미안해⋯⋯. 고마웠어. 안 잊을게.

설마⋯⋯. 물벼락을 뒤집어쓴 것처럼 불길한 예감이 나를 덮쳤다.

*

빵빵.
역 앞에서 나를 기다리고 있던 구준호가 오토바이 경적을 울렸다.
"뭐야? 멀쩡하네. 울고 불고 난리칠 줄 알았더만."
내가 오토바이로 다가가자 구준호가 헬멧을 내밀었다.
"써라."
나는 순순히 헬멧을 쓰고 뒷자리에 앉아 구준호 허리를 잡았다.
"고마워."
"뭐, 헬멧?"
"아니."
구준호가 씩 웃더니 시동을 걸었다.
"나이트가 어디 네버엔딩뿐이겠냐."
구준호는 지하철역 앞을 벗어나 외곽 도로로 향했다. 나는 구준호의 허리를 꽉 잡았다.

이제 곧 우리는 그 숲에 도착할 것이다. 오래전 지오와 혜성이가 행복하게 웃던 숲. 지오와 혜성이를 갈라놓은 숲. 그래서 지오와 혜성이 마음에 새겨진 그 숲으로 가고 있는 것이다.

"야, 땅콩!"

"왜?"

"너무 조용해서 기절했나 하고."

"……."

"안 떨려?"

"응. 안 떨려."

정말이다. 떨리지 않는다. 혜성이의 대답을 본 순간부터 내 마음은 요동을 멈췄다. 내 마음은 어느 때보다 고요하다. 아니, 씩씩하다.

나는 지오 어머니랑 통화하고 나서 내 멋대로 혜성이의 그림과 노트를 봤다. 나는 몰라도 혜성이는 지오가 어디 있는지 알 것 같았다. 혜성아, 지오가 지금 무슨 생각을 하는지, 어디 있는지 말해줘! 혜성이의 노트를 정신없이 뒤적거리던 내 눈에 혜성이의 대답처럼 그 한 줄이 눈에 들어왔다. **내가 지오 언니였다면 어땠을까 생각해 봤어. 그래서 그 숲에도 갔었어.** 몇 번이나 덧쓴 것처럼 굵고 진한 글씨로 써 있던 그 한 줄. 그리고 혜성이가 그린 그림. 바이올렛 색 머리의 지오가, 내가 한 번도 본 적 없는 지오가 나를 향해 활짝 웃고 있었다. 아, 지오가 이렇게 웃을 수 있구나! 눈이 안 보이고 윗니가 다 드러나도록 활짝……. 혜성이처럼, 구준호가 보여준 사진 속에 혜성이처럼 지오가 웃고 있었다. 그때 나는 알았다. 지오는 지금 혜성이와 같이 있다는 걸. 혜성이는 지오를 지켜줄 거라는 걸.

　나도 언젠가 그렇게 웃는 지오를 보고 싶다.

"멀었어?"

"금방이야. 거기라면 수십 번도 더 가봤다."

"나, 봤어."

"뭘?"

"혜성이랑 지오."

"뭔 소리야?"

"난 앞으로 걸어갈 거야."

"엉?"

"도망가지 않을 거야."

"뭐?"

"울게 돼도 좋아!"

"……."

"더 크게 울 거니까!"

"……."

"더 크게 울면 혜성이가 달려올 거니까!"

"……."

"달려!"

"이게 또 맛이 갔네."

"달려! 달려!"

드디어, 우리 옆으로 검푸른 숲이 모습을 드러냈다.

나는 달려야 한다. 저 숲 어딘가에서 나를 기다리고 있을 지오와
혜성이를 향해.

에필로그

　구준호가 지오에게 아파트 놀이터에서 만나자고 한 것은 숲에서
지오를 데리고 나온 날로부터 십여 일이 흐른 뒤였다.

　"괜찮냐?"
　지오가 고개를 끄덕였다. 지오는 숲에서 유리를 만나 집에 돌아
온 날부터 꼬박 나흘을 더 앓아누웠고, 그동안 유리는 매일 지오네
집에 들렀다.
　"읽었냐?"
　지오가 다시 고개를 끄덕였다.

"아, 젠장, 너 벙어리냐."

"……."

"앉아라."

지오는 그때까지 구준호가 앉아 있는 놀이터 벤치 앞에 서 있었다. 지오가 벤치 끝에 손을 모으고 앉았다.

"나, 너 안 잡아먹거든."

구준호가 운동화 앞코로 모레를 찼다.

"그래, 뭐, 너도 나 안 반갑겠지."

"그렇지 않아."

처음으로 입을 뗀 지오를 구준호가 빤히 쳐다봤다.

"그래, 다행이네."

"……."

"근데 어쩌냐, 난 너 싫거든. 그 멍청이가 끝까지 자기보다 백배 천배 나은 기집애 편들고 걱정한 거도 못마땅해 죽겠고. 왠지 너만 아니었음 그 멍청이 그 추운 날 거기 갈 일도 없었을 거 같고. 그래, 그래. 니 탓이라고 몰아붙이면 안 되지. 나도 알아. 내가 워낙 나쁜 자식이라 그래. 게다가 혜성이 죽었다는데도 너……. 아, 관두자."

지오가 점점 더 깊숙이 고개를 숙였다.

"왜, 이런 소리 듣기 싫냐?"

지오가 고개를 가로저었다.

"뭐, 피차 웃자고 만난 건 아니니까. 각설하고 용건으로 들어가지."

구준호는 캭 하고 가래침을 모아 퉤 뱉고는 유리랑 어젯밤에 싸운 얘기를 먼저 꺼냈다.

"견과류는 꼭 그 얘기를 너한테 지금 해야겠느냐, 좀 더 시간이 흐른 뒤에 해도 되지 않느냐, 눈 부릅뜨고 덤비더라. 너가 외톨이였네 어쩌네 하면서. 그래서 그랬다. 그게 뭔 상관이냐고. 그니까 완전 견과류 뽀사지는 소리를 내더만. 암튼 내 말은 이거다. 혜성이가 어떤 앤지 너한테 똑바로 알려줘야 한다는 거. 그래서 내가 허벌나게 널 만날라고 용을 쓴 거고. 알겠냐?"

하고는 유리에게 들려줬던 혜성이 얘기를 하기 시작했다.

구준호가 혜성이 이야기를 하는 동안 지오의 눈에서 툼벙툼벙 눈물이 떨어졌다.

얘기를 끝낸 구준호는 한참 동안 우는 지오 옆에서 운동화 앞코로 모래를 팠다.

"징징대는 거 질색이니까, 나머진 집에 가서 울어라."

지오가 눈물을 닦았다.

"너 정도면 살 만한 거거든. 니 옆에는 뭐냐, 너라면 물불 안 가리는 견과류도 있고 그 정도면 훌륭한 거 아니겠어? 혜성이 옆에는 나처럼 그지 발싸개 같은 새끼밖에 없었는데 말이야."

"고마워."

"뭐가?"

"혜성이 옆에 있어줘서."

"똥을 싸라. 나 같은 새끼 백 명 있으면 뭐하나!"

구준호가 벌떡 일어났다.

"고마운 거 또 있어."

구준호가 바지 주머니에 양손을 찔러 넣고 지오를 돌아봤다.

"나 욕해줘서."

"파하, 기집애들이란. 항상 나쁜 역할은 남한테 시키려고 든단 말이야."

"진심이야."

"진심? 너 지금 진심이라고 했냐? 거참 민망하네. 야, 진심이란 건 말로 하는 게 아니거든. 욕해줘서 고맙다고? 니가 진짜 뭘 잘못 했는지 말해줄까? 니가 숲에다가 혜성이 버리고 온 거 그거? 천만 에, 그게 아니야. 니 진짜 잘못은 그다음, 혜성이 생깐 거야. 혜성이 가 너한테 상처라는 걸 받았다면 니가 숲에서 도망쳐서가 아니라 니가 생까서일 테니까. 생까지 않는 거, 그게 진심이란 거다. 알았 냐?"

"……고마워."

"나 원 참, 요즘 '고맙다'는 게 새로 나온 욕이냐? 나한테 고마워 할 건 털끝만큼도 없고, 앞으로 혜성이나 생까지 마! 죽었다고 사라

지는 건 아니거든. 니 머릿속에, 내 머릿속에 살아 있거든! 알았
냐?"

구준호는 고맙다는 지오를 향해 한숨을 한 번 푹 내쉬고는 빠른
걸음으로 놀이터를 나갔다.

구준호를 만난 날 밤, 지오는 울어서 퉁퉁 부은 눈으로 혜성이 편
지를 다시 읽었다. 노트 중간, 열세 장의 그림 사이에 쓰여 있는 혜
성이의 편지는 '내가 아는 세상에서 제일 예쁜 언니에게'라는 말로
시작되었다.

　지오 언니!

　이렇게 부르니까, 실감이 덜 난다. 언니이이이! 이렇게 불러
야 실감 나는데 말이야. 그럼 언니가 으으으으응, 그래야 되는
데. 그럼 내가 또 에헤헤, 이렇게 웃고.

　언니 봤지? 나 약속 지켰다! 설마 무슨 약속? 그러는 건 아
니지? 아니네, 어쩌면 그럴 수도 있겠네. 나한테 그날은 대단
한 날이었지만 언니한테는 아닐 수도 있으니까. 누가 내 생일날
하루 종일 같이 있어준 건 처음이었어. 선물도 받고, 맛있는 아
이스크림도 먹고, 스티커 사진도 찍었잖아. 나 그날 행복하다
고 생각했어. 언니가 있어서 좋다고. 그래서 언니한테 때도 섰

잖아. 나중에 언니가 내 언니가 됐으면 좋겠다고. 기억해?

언니 그날 되게 예뻤는데. 스티커 사진 찍을 때 말이야. 언니 바이올렛 색 가발 썼잖아. 난 파란색 가발 쓰고. 그래서 내가 그날 헤어질 때 그랬잖아. 내 그림 실력 좋아지면 이 노트에 오늘 우리 둘이 한 일 스페셜 열세 장 뽑아서 그려준다고. 으, 창피해라. 그럼 내 그림 실력이 좋아진 게 되는 건가? 아직 멀었는데……. 언니가 보기엔 어때? 너무 형편없지만 않으면 괜찮다고 해주라. 나 사실 꽤 떨렸거든. 그러면서 망치면 어쩌나 하고.

음…… 있잖아. 이 얘긴 너무너무 하고 싶지 않은데, 내가 좀 믿는 오빠가 있는데, 그 오빠가 자꾸 그러니까 혹시, 정말 혹시 그럴지도 모른다는 생각이 들어서 하려고.

음…… 사실은 말이야, 나 언니가 전학 간 학교에 갔었어. 음…… 그러니까 알고 있었어. 언니가 전학 간 학교. 가끔 피시방에서 언니 학교 홈페이지에도 들어갔었어. 말하고 나서 생각해보니까 내가 꼭 스토커 같네. 그런 건 아닌데, 그냥 언니가 어떤 학교에 다니나 궁금해서 그런 건데. ……그런데 거기 언니 이름이 나오더라고. '미술영재시험 합격, 2학년 3반 윤지오.'

180 ●

축하해주고 싶었는데. 지금은 너무 늦었지? 아, 아, 또 얘기가 딴 데로 샜다. 아무튼 거기서 지난가을 언니네 학교 축제도 알게 됐어. 꼭 언니를 만나겠다, 그런 맘으로 축제에 간 건 아니야. 그냥, 순전히 그냥 갔는데, 언니 그림을 봤어.

'평화4'

그거 보고 와서 사실 나 많이 마음이 안 좋았어. 거리에 누워 있는 바이올렛 색 머리 여자애가 자꾸 걸렸어. 내가 머리가 나쁘고 단순해서 그런가 봐. 그 여자애가 언니 같았어. 그러면 안 되는데…… 정말 그러면 안 되는데.

난 언니가 많이 웃고 많이 행복할 거라고 생각했는데, 갑자기 아닐지도 모른다는 생각이 드는 거야.

혹시, 그러니까 그날, 거기, 숲에서 늦게까지 있다가…… 그 일 때문이야?

난 말이야, 언니가 그 일 있고 나서 내가 한 나쁜 짓 때문에 날 싫어하게 됐다고 생각했거든. 언니도 알겠지만 내가 그날 만난 오빠들이 빌라 도둑질하는 일에 끼게 됐잖아. 그래서 이사

가는 것도 말 안 했구나. 결국 '나쁜 짓'만 하니까 언니도 떠났구나. 그랬는데.

난 머리가 나쁘고, 뭐든 내 탓이 되고 마니까.

내가 지오 언니였다면 어땠을까 생각해봤어. 그래서 그 숲에도 갔었어.

저기 있지. 정말이야. 이거 정말이야. 절대 거짓말 아니야. 그날 아무 일도 없었어. 그러니까 이상한 생각 하지 마. 응? 언니가 마음 아픈 거, 힘든 거, 우는 거, 정말 싫어. 난 언니가 웃었으면 좋겠어. 언니는 내가 아는 세상에서 제일 예쁜 언니니까.

난 말이야, 거기 갔더니 언니랑 거기서 그림 그리고 놀았던 때가 많이 생각났어. 우리가 해놓은 낙서도 그대로 있더라. 흐, 내가 언니한테 여기서 뛰어들면 죽는 거 간단하네, 그러면서 괜히 겁준 거도 생각나고. 앞으로도 자주 갈지도 몰라. 언니 생각 날 때. 그럴 때. 언니도 올래? 에헤헤, 농담이야, 농담.

마지막으로 혹시, 혹시 언니가 내가 어떻게 지내나 궁금할지 몰라서 하는 얘긴데……. 응, 나 앞으로 쭉 만화를 그려볼 생각이야. 언니처럼 '파랑' 같은 동아리도 만들고. 만약에 동아리를 만든다면 '파랑2'로 해야겠다. 그래도 돼? 된다고 하면 일단 내가 믿는 그 오빠도 들어오라 그러고, 또 에, 흐 없네, 다른 사람은……. 만약에, 만약에 언니가 혹시라도 파랑2에 들어오고 싶다면 그야 물론 오케이지만.

파랑2. 생각만 해도 좋다. 에헤헤.

아, 그럼 이제 진짜 마지막. 마지막이니까, 딱 한 번만 할게. 간지러워도 참아! 자, 한다!

언니, 사랑해.

혜성이의 편지는 그렇게 끝났다. 그리고 혜성이의 편지 위로 지오의 낮은 흐느낌이 조용히 스며들었다.

*

그해 12월 서울코믹월드의 일일 판매전 동아리 신청 명단에 일곱 번째로 '파랑2 — 이토록 뜨거운 파랑'이 있었다. 대표자는 윤지오, 참가 동아리 장르는 '창작+패러디 회지'. 동아리 대표자는 윤지오였지만 '파랑2'라는 이름을 짓고, 서코 참가를 제안한 건 유리였다.

　그 일은 '혜성이의 만화'로부터 비롯됐다.

　구준호는 유리가 전에 보았던 혜성이의 만화 캐릭터 그림들 이외에도 그동안 혜성이가 그린 만화를 전부 가지고 있었다. 어느 날 그것을 본 유리가 반색을 하며 왜 이런 걸 꽁꽁 숨겨두었느냐고 구준호를 타박하고는 집에 가져가서 봐도 되느냐고 물었다. 구준호는 못 이기는 척 고개를 끄덕였다.

　그날 밤 유리는 한 장 한 장 주의 깊게 혜성이의 만화를 살펴보았다. 그중에 창작 일러스트나 연작 만화처럼 같은 주인공이 등장하는 짧은 만화는 혜성이가 공들여 그린 흔적이 역력했다. 구준호가 방에 매달아 둔 그림들과 비교해도 손색이 없었다. 실력 있는 사람이라면 다듬어서 회지를 만들 수도 있을 것 같았다. 유리는 문득 자신이 혜성이를 위해 뭔가 할 수 있을지도 모른다는 생각이 들었다. 혜성이가 '파랑2'를 만들고 싶다고 했었지? 유리의 얼굴에 미소가 떠올랐다.

　유리는 며칠 후 그사이 유명무실해진 '파랑'을 맥도날드로 긴급 호출했다. 물론 그 전에 지오와 구준호를 만나 자신의 계획을 설명하고 동의를 구하는 것도 잊지 않았다. 구준호는 지오에게 혜성이의 만화를 건네며 "할 거면 잘해. 내 맘에 안 들면 화악!" 하고 손을 쳐들다가, 유리의 험상궂은 표정에 하하, 하고 웃고 말았다. 그러고는 "다른 애들은, 다른 애들도 한대?"라고 물었다. 유리는 그런 구준호를 향해 샐쭉 입을 내밀더니 "그건 내가 알아서 해!" 하고 퉁명스럽게 대답했다.

유리는 내심 혜령이가 안 나올까 봐 걱정이 됐다. 혜령이에게 몇 번 문자를 보냈다. 그날 지오와 은수는 시간에 맞춰 나왔지만 혜령이는 "뭐야, 왜 불렀어?" 하고 툴툴거리며 늦게야 나타났다. 유리는 이에 아랑곳하지 않고 심각한 표정으로 혜성이의 그림 몇 장을 테이블 위에 늘어놓았다. 유리는 이제 깨끗이 파랑 문을 닫든지 이 그림의 주인공을 영입해서 파랑2로 새로 시작하든지 하자고 했다. 그리고 주인공은 너희도 아는 사람이라는 말을 덧붙였다. 은수와 혜령이는 그림을 살펴보며, 그게 누구냐고 물었다.

"지오가 전에 친하게 지냈던 애. 생각 안 나? 내가 말해줬잖아."

처음에는 어리둥절해하던 은수와 혜령이도 잠시 후 혜성이 이야기를 기억해냈고, 유리가 '파랑2의 계획'이라며 회지 만들기와 12월 서코 참가를 제안하자 기꺼이 동의했다. 은수는 "나는 좋아. 이러다 졸업하면 파랑도 끝이겠구나, 했는데 정말 다행이야. 파랑2 열심히 할래." 하고 오랜만에 환하게 웃었고, 혜령이는 "좋아, 좋아! 지금부터 죽도록 공부하고 기말고사 땡 치면 서코로 달리는 거야! 와우!" 하고 흥분했다.

'파랑2'는 다른 학년보다 이르게 치러지는 3학년 2학기 기말고사가 끝나자 서코 준비에 박차를 가했다. 매일 모여서 회지에 들어갈 혜성이의 만화 컷과 스토리에 대해 의견을 모으고, 각자 할 일을 정했다. 혜성이의 만화 뒤에 4컷 만화 몇 개를 넣기로 하고, 이전에 축제를 준비했던 경험을 바탕으로 예산을 짜고, 제작할 팬시용품 목록을 정하고, 인쇄소아 시장을 돌아다녔다. 그리던 어느 닐 구준호가 유리를 찾아와 그날 자기도 류크 코스프레를 할 생각이라고 했다. 그러자 유리가 "할 거면 잘해. 내 맘에 안 들면, 화악!" 하고 손을 치켜들었다.

 지오는 친구들과 같이 서코 준비를 하는 틈틈이 혜성이의 그림을 다듬었다. 일일이 수작업으로 보충하고, 포토샵으로 톤을 입히고, 스토리가 이어지게 새로 그렸다. 그러다 보면 번번이 밤을 새우곤 했다.

 "와, 이거 한 사람이 그런 거 같아."

 "어쩜 어쩜."

 은수가 놀라고 혜령이가 호들갑을 떨 만큼 지오와 혜성이의 그림체는 흡사했다.

 판매전 당일 파랑2 부스에는 팬시 —『데스 노트』 사신 시리즈 배지, 마우스 패드, 액정 클리너, 엽서 — 와 창작 회지『나의 바이올렛 소녀』 50부, 패러디 회지 『류크의 함정』 50부가 전시됐다. 다른 부스에 비해 많지 않은 양의 팬시와 회지였다.

지오는 내내 긴장한 얼굴로 부스를 지켰다. 판매는 신통치 않았다. 파랑2는 서코에 처음 부스를 낸 동아리였다. 지명도도 없었으니 당연한 결과였는지도 모른다. 간혹 회지를 들춰 보고, "그림체 괜찮다!"라고 하는 아이들이 몇 있었을 뿐이다.

처음으로 누군가 『나의 바이올렛 소녀』 회지를 들고 "얼마예요?"라고 묻자 지오의 얼굴에 희미한 미소가 지나갔다.

"좀 쉬고 와."

"그래, 우리가 있을게."

"점심은 먹어야지."

유리와 은수와 혜령이가 번갈아가며 권했지만 지오는 그때마다 괜찮다고 했다.

"마셔라, 얼굴이 그게 뭐냐?"

행사장 밖 광장에서 류크 코스프레 중이던 구준호가 부스에 찾아와 지오에게 음료수 한 병을 내밀고 갔다.

마감 시간이 임박했을 무렵 회지를 사 간 두어 명이 다시 파랑2 부스를 찾았다.

"저, 이거 계속 나오는 거예요?"

"카페 같은 거 있죠? 그럼 앞으로 회지 인터넷으로 살 수 있어요?"

은수와 혜령이가 지오를 쳐다보며 머뭇거렸다. 그러자 질문을 했던 아이들의 시선이 지오에게 쏠렸다. 부스에 앉아 있던 지오는 잠자코 판매대에 쌓여 있던 회지 하나를 꺼내 그 아이들 쪽으로 펼쳤다.

"여기 보시면 카페 주소가 있어요. 서코에 계속 참가할지는 모르겠지만 카페에 주혜성이란 이름으로 계속 연재할 생각이에요. 그러니까 여기로 들어오시면 계속 보실 수 있을 거예요."

지오의 대답에 아이들이 고개를 끄덕였다.

그때 지오 뒤에 서 있던 유리가 지오 어깨에 가만히 손을 얹었다.

혜성아, 듣고 있니?

생각납니다. 이 책의 초고를 본 친구가 장난스럽게 했던 말.

"읽는데 간지럽더라."
"사랑이 너희를 구원하리라! 그거네."

저도 맞장구를 쳤었습니다.

"그치? 좀 간지럽지."
"맞아, 그거야. 사랑이 우리를 구원하리라!"

저는 그때 몹시 기분이 좋았습니다. 그 친구가 제 마음을 콕 집어
냈기 때문입니다.

그랬습니다. 저는 이 소설을 쓰는 내내 그 '간지러운' 마음이 사랑이라고 믿었습니다. 그 사랑이 우리로 하여금 혹독한 인생의 순간을 견디고, 맞서게 하는 힘이라고 믿었습니다. 그래서 유리의 사랑이 준호의 진심과 만날 수 있기를, 지오와 혜성이에게 가닿을 수 있기를 바랐습니다. 그려보고 싶었습니다. 그 사랑이 얼마나 힘이 센지, 예쁜지. 스스로 마음의 문을 닫아버린 지오를 보듬고, 더 늦기 전에 혜성이의 상처와 고통을 알아볼 수 있는, 그런 사랑.

잘되었는지는 모르겠습니다. 언제나 그렇듯 처음에는 자신감에 넘치다가도 마지막에는 두려움만이 남습니다. 그 두려움 속에서 조용히 떠올려봅니다. 유리, 지오, 준호, 혜성이……. 그중 혜성이에게는 미안함을 떨칠 수 없습니다. 우리의 사랑이 현실 속의 혜성이에게는 조금 더 일찍 가닿기를…….

마지막으로 이 자리를 빌려 인사를 전해야 할 이들이 있습니다. 오래전 만화부에 대한 질문에 성실히 답해준 쿠키 님, 초고를 읽어준 그녀와 또 다른 그녀, 나의 아들, 나의 변덕과 게으름을 참고 기다려준 이 책의 편집자 이지영 씨. 그들이 아니었다면 제가 품었던 이야기는 책이 되어 세상으로 나가지 못했을 것입니다. 고맙습니다.

2010년 1월
신여랑

창비청소년문학 25

이토록 뜨거운 파랑

초판 1쇄 발행 • 2010년 1월 25일
초판 9쇄 발행 • 2021년 2월 6일

지은이 • 신여랑
펴낸이 • 강일우
책임편집 • 이지영
펴낸곳 • (주)창비
등록 • 1986년 8월 5일 제85호
주소 • 10881 경기도 파주시 회동길 184
전화 • 031-955-3333
팩시밀리 • 영업 031-955-3399 편집 031-955-3400
홈페이지 • www.changbi.com
전자우편 • ya@changbi.com

ⓒ 신여랑 2010
ISBN 978-89-364-5625-2 43810